JN075733

目次

KUMA KUMA KUMA BEAR vol.7

くまクマ熊ベアー 7

くまなの

PASH!文庫

ユナ'S STATUS_

名前：ユナ
年齢：15歳
性別：女

クマのフード（譲渡不可）
フードにあるクマの目を通して、武器や道具の効果を見ることができる。

白クマの手袋（譲渡不可）
防御の手袋、使い手のレベルによって防御力アップ。
白クマの召喚獣くまきゅうを召喚できる。

黒クマの手袋（譲渡不可）
攻撃の手袋、使い手のレベルによって威力アップ。
黒クマの召喚獣くまゆるを召喚できる。

黒白クマの服（譲渡不可）
見た目着ぐるみ。リバーシブル機能あり。
表：黒クマの服
使い手のレベルによって物理、魔法の耐性がアップ。
耐熱、耐寒機能つき。
裏：白クマの服
着ていると体力、魔力が自動回復する。
回復量、回復速度は使い手のレベルによって変わる。
耐熱、耐寒機能つき。

黒クマの靴（譲渡不可）
白クマの靴（譲渡不可）
使い手のレベルによって速度アップ。
使い手のレベルによって長時間歩いても疲れない。

クマの下着（譲渡不可）
どんなに使っても汚れない。
汗、匂いもつかない優れもの。
装備者の成長によって大きさも変動する。

くまゆる

くまきゅう

クマの召喚獣
クマの手袋から召喚される召喚獣。
子熊化することもできる。

スキル

異世界言語
異世界の言葉が日本語で聞こえる。

話すと異世界の言葉として相手に伝わる。

異世界文字
異世界の文字が読める。

書いた文字が異世界の文字になる。

クマの異次元ボックス
白クマの口は無限に広がる空間。どんなものも入れる(食べる)ことができる。

ただし、生きているものは入れる(食べる)ことができない。

入れている間は時間が止まる。

異次元ボックスに入れたものは、いつでも取り出すことができる。

クマの観察眼
黒白クマの服のフードにあるクマの目を通して、武器や道具の効果を見ることができる。

フードを被らないと効果は発動しない。

クマの探知
クマの野性の力によって魔物や人を探知することができる。

クマの地図
クマの目が見た場所を地図として作ることができる。

クマの召喚獣
クマの手袋からクマが召喚される。

黒い手袋からは黒いクマが召喚される。

白い手袋からは白いクマが召喚される。

クマの転移門
門を設置することによってお互いの門を行き来できるようになる。

3つ以上の門を設置する場合は行き先をイメージすることによって転移先を決めることができる。

この門はクマの手を使わないと開けることはできない。

クマフォン
遠くにいる人と会話できる。作り出した後、術者が消すまで顕在化する。物理的に壊れることはない。

クマフォンを渡した相手をイメージするとつながる。

クマの鳴き声で着信を伝える。持ち主が魔力を流すことでオン・オフの切り替えとなり通話できる。

魔法

クマのライト
クマの手袋に集まった魔力によって、クマの形をした光を生み出す。

クマの身体強化
クマの装備に魔力を通すことで身体強化を行うことができる。

クマの火属性魔法
クマの手袋に集まった魔力により、火属性の魔法を使うことができる。

威力は魔力、イメージに比例する。

クマをイメージすると、さらに威力が上がる。

クマの水属性魔法
クマの手袋に集まった魔力により、水属性の魔法を使うことができる。

威力は魔力、イメージに比例する。

クマをイメージすると、さらに威力が上がる。

クマの風属性魔法
クマの手袋に集まった魔力により、風属性の魔法を使うことができる。

威力は魔力、イメージに比例する。

クマをイメージすると、さらに威力が上がる。

クマの地属性魔法
クマの手袋に集まった魔力により、地属性の魔法を使うことができる。

威力は魔力、イメージに比例する。

クマをイメージすると、さらに威力が上がる。

クマの治癒魔法
クマの優しい心によって治療ができる。

149 クマさん、鉱山に向かう（勇者、鉱山に向かう）

魔女（エレローラ）に捕らわれの身になった姫（フィナ）。

魔女（エレローラ）は姫（フィナ）に綺麗《きれい》な部屋を与えたり、綺麗な服を着せたり、ふかふかのベッドを与えたりするだろう。

さらに魔女（エレローラ）は姫（フィナ）に美味《おい》しい物を与え、心（胃）をも壊すつもりだ。

勇者（ユナ）が戻ってくるまで、姫（フィナ）は王都を観光したり、魔女（エレローラ）の娘（シア）と遊んだりすることになるだろう。きっと姫（フィナ）は、泣いてよろこぶだろう。

姫（フィナ）を返してもらう条件は、魔女（エレローラ）の支配する鉱山にすみ着いたゴーレムを討伐することだ。

「姫（フィナ）、待っていてください。きっと、ゴーレムを倒して戻ってきます」

勇者（ユナ）は、捕らわれた姫（フィナ）と約束をする。

早く救い出さなくてはならない。そう心に誓って。勇者（ユナ）は魔女（エレローラ）

の屋敷に背を向け、歩きだすのであった。


……冗談はここまでにして、わたしはフィナと一緒にエレローラさんのお屋敷で一晩過ごして、翌朝、お屋敷をあとにする。

冒険者ギルドのギルマスのサーニャさんに聞いた話だと、鉱山へは王都から向かうのが一番近いらしい。

王都から出たところで、くまゆるを召喚して、鉱山に向けて出発する。

ときどき休憩を入れ、くまきゅうに乗り換えたりしながら進むと町が見えてくる。

鉱山の近くにあるこの町に住んでいるほとんどの人が鉱山の関係者だ。鉱石を求める人。鉱山で働く者を相手に商売する人。人が集まれば店も増える。

そしてできあがったのが、この小さな町だ。

わたしは騒ぎにならないように、くまきゅうから降りて徒歩で町に向かうことにする。


町の中に入ると相変わらず注目を浴びる。わたしはクマさんフードを深く被《かぶ》って顔を隠し、なるべく周囲を気にしないようにして宿屋を探す。

町の中は活気がない。クラーケンに襲われていたときのミリーラの町のようだ。これも、鉱山にゴーレムが現れたせいなのかな。鉱山の場所や状況が知りたいけど。宿屋で聞けるかな？

今後のことを考えながら歩いていると、後ろから声をかけられる。

「もしかしてユナか!?」

後ろを振り向くと、学生の護衛をしたときに会ったジェイドさんとメルさんがいた。その横には男の人と女の人が一人ずついる。ジェイドさんとメルさんは先日の護衛のときに思い出したが、残りの2人はクリモニアの冒険者ギルドで会っているはずだけど、記憶に残っていない。覚えているのは性別ぐらいだ。

「やっぱり、ユナちゃんだったよ」

大喜びをするメルさん。

「見れば誰でも分かるよ」

少し無表情の20歳ぐらいの女性が、メルさんを落ち着かせる。

「おお、久しぶりだな。クマのお嬢ちゃん」

もう一人の男の冒険者が声をかけてくる。年齢はこの中で一番若そうだ。でも、久しぶりと言われても覚えていない。興味がないことは覚えない性質《たち》だ。

「ユナはどうしてここに」

「一応、仕事かな?」

「もしかして、ユナもゴーレム討伐に来たのか?」

「『も』ってことはジェイドさんたちも?」

まあ、ここにいる時点でその可能性は高い。ランクCの冒険者ってジェイドさんたちのことだったんだね。

「ああ、依頼を受けて、先日からゴーレム討伐をしているよ。今日も坑道に潜って、その帰りだ」

「状況はどうなの？　終わったようなら帰るけど」

なら、楽でいいな。淡い期待で聞いてみる。

「まだ終わっていない」

「そうなの？」

ランクCの冒険者でも苦労するのかな？

立ち止まって会話を始めたわたしとジェイドさんにメルさんが割り込んでくる。

「ジェイド、こんなところで話さないで、宿に戻って食事でもしながら話さない？」

わたしが周囲を見ると、多くの視線が向けられていた。目立つ冒険者のジェイドさんパーティー。それと一緒にいるクマの着ぐるみ姿のわたし。これで目立たないのがおかしい。それにおそらくこのほとんどの視線はわたしに向けられているものだろう。

「そうだな、移動するか」

うん、わたしも賛成だ。それに早めに宿屋を確保したい。空き部屋がなかったら、旅用のクマハウスを設置しないといけなくなる。

わたしはジェイドさんたちが泊まっている宿屋に向かう。歩きながらジェイドさんのパーティーメンバーと簡単に自己紹介を交わす。

男性の剣士はトウヤ。なにか軽そうな男だ。そして、身軽な格好をした無表情の女性がセニアと名乗る。無表情美人《クールビューティー》とはこういう人のことをいうんだろうな。

ジェイドさんたちの案内で宿屋に到着する。

落ち着いたら、どこかで鉱山の情報収集をしないといけない。そういえば、この町には冒険者ギルドってあるのかな？　宿屋でそのあたりの話を聞かないといけない。

ジェイドさんが宿屋に入ると、女将《おかみ》さんらしい人が声をかけてくる。

「ジェイド、お帰り。今日も無事に戻ってきたね」

「戻りました」

「それで、どうだったんだい」

女将さんの言葉にジェイドさんは首を横に振る。

「そうかい。それで、後ろにいるクマの格好をした嬢ちゃんはジェイドたちの知り合いなのかい？」

「彼女はユナ。こんな格好をしているけど、れっきとした冒険者ですよ。鉱山に現れたゴーレムの討伐に彼女も来たみたいです」

ジェイドさんは笑みを浮かべながら答える。

「冒険者!?」

よくよく考えるとわたしの紹介って難しいね。クマの着ぐるみを着た冒険者なんていないだろうし。

「こんな可愛《かわい》らしい格好した嬢ちゃんが冒険者って信じられないね」

女将さんが疑うようにジロジロとわたしを見る。

「実力は俺たちが保証しますよ。それで彼女の部屋を用意してほしいんだけど、空いてます？」

「ジェイドが言うなら、そうなんだろうね。部屋は一つ空いているよ」

どうやら、町の外にクマハウスを建てなくてすみそうだ。

「う〜、残念。部屋がなければ、わたしたちの部屋で寝てもらおうと思ったのに」

「わたしたちの部屋は2人部屋よ」

メルさんの言葉をセニアさんがとがめる。

「え〜、いいじゃない。わたしがユナちゃんと一緒に寝るよ。ユナちゃん小さいから、そのクマを脱げば寝られるよ」

いいえ、脱ぎませんよ。自宅ならまだしも、こんな何があるか分からないところで、クマさん装備は外せない。それに護衛用のくまゆるとくまきゅうも召喚できなくなる。

部屋の確保もできたので食事をしながら、先ほどの話の続きをすることにする。

「それで、ゴーレムはどんな状況なの？」

「分からない、が現状だな」

「ゴーレムは倒しても、時間が経《た》つと元に戻るの。一定以上は増えないみたいなんだけど。

翌日には、ほとんど元の数に戻っているわ」

無限湧きかな。ゲーマーが聞いたら喜びそうな話だね。ドロップアイテム次第ではいい経験値稼ぎにもお金稼ぎにもなる。もちろん、わたしもゲームでの話なら喜んだと思う。

「俺たちは、坑夫が一番奥で発見したというゴーレムが関係していると思っている」

ジェイドさんの話によると、坑夫が穴を掘っていると、大きな空間を掘り当てた。その空間の中央にゴーレムがいた。ゴーレムは動きだし、坑夫は逃げだした。そして、そのゴーレムが発見されてから、鉱山の洞窟にゴーレムが現れるようになったそうだ。

話を聞くと十分にその可能性はある。もしくは、そのゴーレムがいた空洞が怪しい。ゴーレムを作り出す何かがあるのかもしれない。

「そのゴーレムを倒しに行っていないの？」

まずはその一番怪しいゴーレムを倒しに行けばいい。違ったら他の方法を考えればいい。可能性は一つずつ潰《つぶ》していくのが解決への進み方だ。

「それが、そう簡単にもいかないんだ。奥に進むに連れてゴーレムが強くなっていく」

「もしかして、アイアンゴーレム？」

「知っていたのか」

「それが原因で、高ランク依頼になったって聞いたよ。ジェイドさんたちでも倒せないの？」

「倒せないことはないが、面倒だ」

それには同意だ。狭い空間では攻撃方法は限られる。アイアンゴーレムを倒すのは面倒そうだ。

「でも、倒せるんでしょう。そのまま進めばいいんじゃない？」

「坑夫が見つけた部屋の前に大きな空間があるんだが、そこにアイアンゴーレムが5体いる。1体、2体なら問題はないけど、流石《さすが》にアイアンゴーレム5体は厄介《やっかい》でな」

つまり、その5体のアイアンゴーレムのせいで奥に行けないのか。

う〜ん、アイアンゴーレムか。坑道を壊さずに倒すことはできるかな？


それから、ジェイドさんたちはわたしが聞いていない情報も教えてくれる。

「こんなに教えてくれていいの？　普通、情報は教えないものじゃない？」

同じ依頼を受けている相手に先を越されたら、報酬が手に入らなくなってしまう。言うなれば、わたしとジェイドさんは商売敵《がたき》になる。

「今回は緊急事態だしな。時間をかけてもいいなら、いろいろな手を尽くすが、今回はギルドから急《せ》かされている。だから、今は少しでも戦力が欲しいわけだ。それにこのままじゃ依頼が失敗扱いになる。それは困るからな」

「わたしが討伐に成功したら、ジェイドさんたちも達成扱いになるの？」

「討伐はあくまで討伐者のものだ。だからといって依頼は失敗扱いにはならない。協力者扱いになって、報酬も少しは出る。もちろん、それだけの働きはしないとダメだけどな。それに今回はアイアンゴーレムの素材が売れているから儲《もう》けも大きい。だから、ユナに教えても問題はない」

「逆に倒してくれたほうが助かるわね」

どうやら、わたしが倒しても問題はないみたいだ。それなら、ジェイドさんたちを気にせず、ゴーレムを倒すことができる。

「いろいろと教えてくれてありがとうね。助かったよ」

もし、わたし一人で情報を手に入れようとしたら、こんな簡単には集まらなかった。かなり、時間の短縮になった。姫（フィナ）の救出も早くできそうだ。

食事も終わったので、部屋に休もうと思っていると入り口が騒がしくなる。

「あ～、疲れた、疲れた」

「ホントだよ。アイアンゴーレムとの連戦はやめてほしいよ」

「でも、カネになっただろ」

「アイアンゴーレム様々だね」

「それよりも早く食べよう。腹へったよ」

声がするほうを見ると5人の冒険者が入ってきた。ひと目見た瞬間、関わりたくない部
類の人間と判断した（人のことは言えないけど）。

思うことは一つ。その格好はなに？

先頭を歩いている男は地毛なのか、髪が真っ赤で、防具も赤い。牛がいたら間違いなく

襲われるだろう。

そして2人目は、なぜか青い防具。3人目は緑の防具。4人目は黒いマントを纏《まと》った魔法使い。最後に紅一点？　30歳前後の女の人が白いマントを着けている。見事に5色戦隊だ。

これが、白や黒じゃなくて、イエローとピンクだったら完璧だ。でも、異世界でイエローはギリギリ許されても、ピンクのマントはアウトかもしれない。

その5色戦隊がわたしたちのところにやってくる。

「よっ、ジェイド。貴様のところは、いつからクマのペットを飼いだしたんだ」

赤い男はわたしを見て、そう言った。その言葉に後ろの4人が笑いだす。

よし、敬意を込めてバカレンジャーと呼ぼう。

「彼女は冒険者だよ。それも、俺たちと同じランクCだ」

「嘘《うそ》だろ。そのクマが冒険者だってか。笑わせるなよ」

笑うところそこ!?　普通、ランクのところを突っ込まない？　突っ込むところが違うでしょう。いや、合っているのかな。

「それにランクCだと？　笑わすならもっとおかしなことを言えよ。まあ、存在自体で笑わせてもらったけどな」

バカレッドは、さらに笑いだす。

「まあ、クマのことはいいや。それよりも今日はどうだったんだ。俺たちはアイアンゴーレムを3体倒して、ホックホクだぜ」

いや、よくないよ。人をペット扱いしておいて、喧嘩《けんか》なら買うよ。

そんなわたしの気持ちをよそに話は進んでいく。

「俺たちも3体だよ」

「そうか。貴様たちも頑張っているみたいだな。でも、奥にいる5体のゴーレムは俺たちが倒させてもらうからな。そしてその奥にいるゴーレムも俺たちが倒して、依頼を終わらせる」

バカレッドは笑いながら立ち去っていく。嵐が去って、静けさが残る。

どうやら、話から察すると、バカレンジャーも坑道の一番奥にいるゴーレムが怪しいと思っているみたいだ。

「彼の名前はバーボルド。俺たちと同じゴーレム討伐に来た冒険者たちだよ。ランクはC、性格に難はあるが悪い奴《やつ》らじゃない。それに実力もある」

そういえば、サーニャさんがパーティーは2組あるって言っていたっけ。

確かに性格は悪そうだけど、アイアンゴーレムを倒しているなら、あのバカレンジャーはそれなりの実力者みたいだ。

「それにしても、ユナちゃんをペット扱いって酷《ひど》いわね。ペットじゃなくて、マスコットなのに」

いや、それも違うでしょう。わたしはペットでもマスコットでもないよ。メルさんの言葉に心の中で突っ込む。

「でも、バーボルドの話からすると、かなり良い値で売れたみたいだな」

「そうみたいね」

ゴーレムも魔物扱いだから、倒したら冒険者のものになる。売ればかなりの金額になりそうだ。

「ジェイドさんたちは売っていないの？　さっき、3体倒したって」

「俺たちは正規ルートで売っているから、バーボルドたちほど高くは売れていない。といっても、普段の2割増しで売れている」

「聞いた話だと、あちらさんは5割増しみたいね」

鉄の卸値がいくらか知らないけれど、儲かっているみたいだ。ゲームと違って、倒せばそのままの形で残るから、お金になるんだね。

150　クマさん、鉱山に潜る　その1

魔女（エレローラ）から姫（フィナ）を取り戻すため鉱山に到着した勇者（ユナ）。

その勇者（ユナ）の目の前にはゴーレムがいる。ゴーレムが腕を伸ばすと、小石ほどの大きさの無数の石礫《いしつぶて》が飛んでくる。勇者（ユナ）は避《よ》けるが、全てを避けることはできない。

ペチペチ、ペチペチ。

頬《ほお》に石礫が当たるが、痛くない。柔らかい物が当たっている感じだ。そんな攻撃では勇者（ユナ）は倒せない。

勇者（ユナ）はゴーレムに向かって走りだす。ゴーレムは近付けさせまいと石礫を何度も何度も放ってくる。

ペチペチ、ペチペチ。

そんな、弱い攻撃なんて痛くも痒《かゆ》くもない。勇者（ユナ）は足を止めない。

ペチペチ、ペチペチ。

勇者（ユナ）は石礫を無視したまま、ゴーレムに斬りかかる。だが、斬った感触がない。

勇者（ユナ）は魔法を使おうとする。だが、いきなり息苦しくなる。
何かの攻撃か!?
なにかが、顔に押し付けられている感覚がある。
息苦しい……。
勇者（ユナ）は未知の攻撃に対抗できない。こんな、わけも分からない攻撃で死ぬのか
……。
勇者（ユナ）は気を失った。

「……うわあぁ、苦しい」

ドサッ。

わたしが起き上がると、顔から何かが落ちる。

「くまきゅう?」

目の前で子熊化したくまきゅうが首を傾《かし》げており、お腹の上にはくまゆるがいる。

寝ているときほど無防備な状況はない。防犯のため、子熊化したくまゆるとくまきゅうを召喚しておいた。

「もしかして、今の夢、あんたたちの仕業?」

どうやら、あの柔らかい攻撃は肉球で、息苦しかったのは、くまきゅうが顔に覆《おお》い被《かぶ》さっていたからみたいだ。

「どうして、こんなことをするの?」

わたしが尋ねると、くまきゅうとくまゆるが小さく「「くぅ〜ん」」と鳴いて窓のほうを見る。

窓から陽《ひ》が射し込んでいる。どうやら、朝になったので起こしてくれたらしい。確かに寝る前に、朝になったら起こしてとは頼んだけど……。

「起こしてくれて、ありがとうね。でも、今度は息苦しくない方法でお願いね」

起こしてくれるのはありがたいけど、顔に乗るのはやめてほしい。もう少しで窒息死するところだった。あと少し、起きるのが遅れたら、三面記事に載るところだった。タイトル、『着ぐるみ少女死す』。考えただけで恥ずかしい。

でも、寝坊していたところを、くまゆるとくまきゅうが起こしてくれたのだ。感謝をしても恨むのは筋違《クマ》いってものだ。

くまゆるとくまきゅうにお礼を言って、送還する。わたしも白クマから黒クマに着替えて、朝食をとるために食堂に向かう。


朝食を一人でとっていると、メルさんとセニアさんがやってくる。ジェイドさんとトウヤの姿は見えない。

「おはよう、ユナちゃん」

メルさんは口頭で挨拶《あいさつ》してくれ、セニアさんは軽く手を上げてくれる。

「メルさん、セニアさん、おはよう」

「ユナちゃんはこれから潜るの？」

「一応様子を見に行こうとは思っているよ」

早く依頼を終わらせて、捕らわれの姫（フィナ）を助けないといけないし。

「なら、わたしたちと一緒に潜らない？」

「メルさんたちと？」

「ユナちゃんが強いのは知っているけど。見た目がね」

「可愛《かわい》いクマにしか見えない」

2人はそう言うとわたしの頭を撫《な》で始める。

「強く見えないから、心配なのよ」

「だから、昨日メルと相談した」

2人がわたしのことを心配してくれていることは伝わってくる。でも、個人的には一人のほうが行動しやすいんだけど。メルさんたちの実力を見てみたい気持ちもある。

どうしようかな。

とりあえず、頭を撫でるのはやめてほしい。……と思っているうちに2人は撫でるのをやめると、わたしの隣の席に座り、朝食を注文する。

「でも、ジェイドさんに聞かないとマズイんじゃない？」

「そんなの別にジェイドに聞かなくても大丈夫よ」

メルさんが言い切った。

いやいや、ジェイドさんはリーダーでしょう。そこは相談しないとダメでしょう。そんなことを女性陣と話していると、ジェイドさんたちが2階から下りてくる。

「みんな、早いな」

「ジェイドたちが遅いのよ。それから、ユナちゃんも、鉱山の探索に一緒に行くことになったから」

ちょっ、わたし、まだ返事していないんだけど。確定済み!?

「ああ、分かった」

「俺もいいぞ」

おい、2人ともそれでいいの！

そこは普通、話し合ったり、相談したり、いろいろあるんじゃないかな。

わたしの心の声は誰にも届くことなく。結局、流れで一緒に行くことになった。


鉱山に着くと、坑道の入り口は複数あった。

何十年、何百年掘られてきたのか分からないけど、鉱山の坑道には古いものはもちろん、新しいものもある。

ゴーレムが現れたのは一番新しい坑道。ここ数年で掘り進めたものだそうだ。新しい坑道には入り口が2つあり、どちらから入っても途中で合流して、最深部のゴーレムが現れた場所に着くらしい。

バカレンジャーはいつも同じ入り口から入るそうで、ジェイドさんたちはトラブルを避けるため、違う入り口から入るようにしているとのこと。獲物を取ったとか、絡まれないようにするためだそうだ。正しいバカへの対処方法だ。バカは叩き潰《つぶ》すよりも、関わらないのが一番だ。

バカは、自己中心的だったり、人の話を聞かなかったり、自己陶酔したり、自分にとっていいほうに脳内変換したり、暴走をしたり、失敗すると他人のせいにしたりする。ゲームでも、そんなバカはたくさんいた。そんなバカには近寄らないほうがいい。


坑道の入り口は町から少し離れた場所にある。入ってみると坑道は真っ暗だ。魔法の光が必要かなと思っていたら、ジェイドさんが入り口付近の壁に手を触れ、坑内が光に照らされていく。

どうやら、ベアートンネルと同じ仕組みのようだ。

魔力線が、光の魔石に繋《つな》がっていて、スイッチのようなものを押すと坑道の中に光がつく仕組みになっている。

まあ、どこの家庭でも使われている一般的な点灯方法だ。

坑道の広さは大きな馬車が余裕で通れるほど。かなり奥のほうまで続いているようで、どこまで続いているのかは入り口からは把握できない。

スキルのクマの地図を使ってみる。

坑道の入り口部分が表示される。無事に使えそうだ。ただし、自分が通ったところしか表示されない。でも、自動マッピングと思えば便利だ。

次にクマの探知を使ってみる。

この先に数体のゴーレムの反応がある。でも、地図ができあがっていない状態では、黒いマップの先にゴーレムがいることしか分からない。この反応が、進む先の通路なのか、隣の通路なのか、あるいは地下にいるゴーレムの反応なのか、現状では分からない。

坑道内をジェイドさんを先頭に、2列目にメルさんとわたし、3列目にセニアさんとトウヤの順で進んでいく。

「初めは土でできたマッドゴーレム、さらに進むと岩でできたロックゴーレムが出てくる」

「マッドゴーレムとロックゴーレムは倒すのは楽でいいけど、魔石しかお金にならないのが難点なのよね」

マッドゴーレムか。うちのクマさんのゴーレムと勝負させてみるのもいいかも。そんなことを考えたせいか、マッドゴーレムが現れた。先ほどのゴーレム反応があったところだ。

大きさは2・5メートルほどあり、腕も足も太い。こんな太い腕で殴られたら、たまったもんじゃないね。まして、一般人じゃ危険だ。

ジェイドさんはパーティーメンバーに指示を出すと駆けだす。

いつもの行動なのか、メルさんは風魔法でマッドゴーレムの腕を切り落とす。でも、マッドゴーレムは歩みを止めない。次に、ジェイドさんが剣でマッドゴーレムの足を切り落とす。マッドゴーレムは足を切り落とされると、その場に前かがみで倒れこむ。セニアさんが動けなくなったマッドゴーレムの背中に飛び乗り、背中にナイフを突き刺し穴を開けると、そこに手を入れて魔石を引き抜いた。

するとマッドゴーレムはその場で崩れ落ちる。流れるような連携だった。

トウヤは何もしていなかったわけじゃない。トウヤは、仲間が戦っている間、周囲の警戒をしていた。

体にある魔石を引き剝《は》がすと、マッドゴーレムの体の土は崩れ落ちるみたいだ。ただの土に戻っている。

どうやら、魔石が動力になって動いているみたいだ。ゴーレムを止めるなら、魔石の破壊が一番楽そうだ。

151　クマさん、鉱山に潜る　その2

それからもジェイドさんたちはマッドゴーレムを簡単に倒していく。

見た感じ、マッドゴーレム相手なら風魔法を使えば簡単に倒せそうだ。足と腕さえ切り落とせば動けなくなる。まあ、それは、どの魔物でも共通なことだけど、頭を切り落としたらどうなるのかな？　止まるのか？　または動き続けるのか？

でも、ジェイドさんたちが頭じゃなく、足を切り落としたってことは、頭を切り落としても意味がないってことなのかな。ジェイドさんたちの戦いを参考にしながら坑道を進んでいく。

ジェイドさんとトウヤは剣を扱い、メルさんは魔法を使い、セニアさんは短刀を使っている。

流石《さすが》、ランクCというべきか、マッドゴーレムを危なげなく倒していく。だから、わたしの出番がない。

クマの地図を見ると、進んだ分だけ坑道の地図が完成されている。

分かれ道などには看板が付けられている。出口はどっちなのか、進むと、どこに向かうのか分かるようになっている。

坑道に入ってみて分かったこと。入り口ごとに「A」「B」と番号が割り振られ、道が分かれるごとに「1」「2」「3」と数字が割り振られている。

ジェイドさんの話によれば、仕事をする場所を把握するためだという。今日は「B‐1‐2‐1」で仕事をすると言えば、周囲も場所の把握がしやすくなる。


それにしても暇だ。ゴーレムの強さも知りたいから、一体ぐらいわたしに倒させてくれないかな。

ジェイドさんたちの実力なら簡単に倒しちゃうから、わたしの出番がないんだよね。自分から言うのもなんだし。

ジェイドさんたちは周りを確認しながら、進んでいく。

この先には4体のゴーレムの反応がある。

坑道を進むと、少し開けた場所に出る。そこにはマッドゴーレムが3体いた。

あれ、もう一体は？

探知スキルで確認すると、右方向にある大きな岩の陰にいるみたいだ。

ここからだと、死角になっているね。

ジェイドさんたちは死角にいるゴーレムの存在には気づいていない。

ジェイドさんたちは目の前にいる3体のゴーレムに向かって走りだす。一体でも、2体でも、3体でもパーティーの連携攻撃に陰りはない。

マッドゴーレムぐらいなら、何体いても、簡単に倒してしまう。

でも、もう一体の存在には気づいていないようだから、わたしが攻撃してもいいかな？

ジェイドさんたちが最後まで気づかなかったから、攻撃させてもらおう。

死角にいるゴーレムにいきなり攻撃をするのも変だから、もう少し進んで視界に入ったら攻撃することにする。

3体のマッドゴーレムを難なく倒したジェイドさんたちは先の通路に進むため、大きな岩を気にかけることもなく、歩きだす。岩の陰にゴーレムがいることに気づいていない。

わたしは攻撃態勢に入る。ゴーレムがわたしの視界に入った瞬間、わたしの前を歩いているジェイドさんと、わたしの隣を歩くメルさんも同時に反応した。気づくのが速い。音で気づいたのか、視界に入った瞬間気づいたのか分からないけど、流石ランクCというべきなのか。でも、すでにわたしは風魔法を放っていた。大きな岩の後ろから出てこようとしていたマッドゴーレムの体に風魔法が襲いかかり、頭、腕、足と五か所を切り落とす。

やっぱり、柔らかい。切り落とされたマッドゴーレムは崩れ落ちて、魔石が残る。

マッドゴーレムはそれほど硬くはないみたいだ。まあ、土だし限度があるんだろう。クマをイメージしたクマ魔法を使うほどではなかった。

「ユナちゃん、凄《すご》い」

メルさんが声をあげる。いや、ジェイドさんとメルさんも気づいてたし、反応も速かった。後ろにいた2人の反応は見ることはできなかったけど。前の2人が反応できたってことは、後ろの2人も反応はできていた可能性がある。

「でも、今のユナの行動、おかしかった。視界に入る前に攻撃態勢に入っていた」

後ろでわたしのことを見ていたセニアさんがわたしのことを論評する。それにしても、よく見ている。

「クマのお嬢ちゃんが動いたと思ったら、ゴーレムが出てきたからな」

「動きが速かった」

どうやら、セニアさんにもトウヤにも気づかれていたみたいだ。でも、クマの探知のことは言えないので、

「女の勘かな?」

と誤魔化《ごまか》してみる。

「女の勘?」

ジェイドさんが怪訝《けげん》そうな顔をする。でも、それに反するようにメルさんが、わたしのクマさんパペットを掴《つか》んで、

「だよね。女の勘はあるよね。なのにジェイドとトウヤはそんなのないって言うのよ」

「女の勘はある」

セニアさんも同意する。

「でもよ。いきなり、根拠もないのに、あっちに魔物がいるとか、こっちに魔物がいるとか言われてもな」

こっちではジェイドさんの言葉にトウヤが頷《うなず》いている。

「なんで分かるんだと聞けば、女の勘だもんな」

「でも、過去にその女の勘に助けられたでしょう？」

女の勘と説明する女性陣。その女の勘を信じられなそうにする男性陣。わたしの一言でパーティーを分裂させてしまった。まあ、お互い本気で言い争っているわけじゃないけど。このままだと、話が進まなくなりそうなので、話を変えることにする。

「そういえば、ゴーレムって、頭を切り落としても動くの？」

検証ができなかったので聞いてみる。

「動くわよ。ゴーレムは基本、どこを切られても動く。動かなくさせる方法は2つ。一つは魔石を取り除くこと。もう一つは一定以上のダメージを与えること」

「一定以上のダメージ？」

「ゴーレムの動力が魔石なのは分かるわよね？」

なんとなくだが、分かるので頷く。

「ダメージを与えることで、魔石の力が減っていくの。その魔石の力が0になればゴーレムは動かなくなるわけ」

なるほど。つまり、物理攻撃でも、何度もダメージを与えれば動かなくなるってことみたいだ。そうなると、ロックゴーレムやアイアンゴーレムも物理ダメージを与え続ければ倒せるってことになる。魔法が使えなくても力押しでもいけそうだ。わたしはクマさんパペットを握り締める。

わたしは崩れたマッドゴーレムから魔石を手に入れる。そして、坑道の奥に進み、緩やかな坂を下りていく。クマの地図を見ながら歩いていると、地図に変化が起きた。先ほどまでの地図が消えて、新しい地図になった。なるほど、進んでいくと前の階層の地図が消えて、新しい階層の地図になるみたいだ。このあたりはゲームと一緒だね。

地図も変わったので、探知スキルを使うと、進む先にゴーレムの反応がある。

「ユナちゃんなら大丈夫だと思うけど、気をつけてね。このあたりからロックゴーレムが出てくるから」

わたしは素直に頷いておく。

「ロックゴーレムって強いの？」

「ロックゴーレムの硬さは岩を魔力で少し強化した感じかな。その岩が動くと思ってくれればいいと思うよ」

岩が魔力で少し強化されていると言われても、よく分からない。要は、普通の岩より硬いってことだよね。流石にクマ魔法で倒せないことはないと思うけど。練習相手に一体、回してもらおうかな。

少し坑道を進むと、ロックゴーレムと遭遇する。ロックゴーレムは石や岩がくっついてできあがったゴーレムだ。なんか、殴ったら簡単に崩れそうなんだけど。

ロックゴーレムはわたしたちの存在に気づくと、腕を振り回して野球ボールほどの岩を飛ばしてくる。

時速160キロ（勝手なわたしの想像だ）の豪速球が先頭にいたジェイドさんを襲う。

メルさんはジェイドさんの前に出ると、土魔法で壁を少し斜めに作り、岩を誰にも当たらないようにと逸《そ》らす。

再度、ロックゴーレムが岩を飛ばそうとすると、ジェイドさんがメルさんの作った壁から抜け出す。

ロックゴーレムはジェイドさんに気をとられ、体をジェイドさんのほうに向けるように動きだす。そこにメルさんが、岩には岩と言わんばかりに、魔法でサッカーボールほどの岩を出し、ロックゴーレムの足を破壊する。ロックゴーレムはバランスを崩すが、腕を振り回して、岩を飛ばそうとしてくる。だが、セニアさんがロックゴーレムの腕の関節部分にナイフを投げ込み、それを防ぐ。そこにジェイドさんとトウヤが一気に距離をつめて、攻撃を加える。

一定のダメージを与えると、ロックゴーレムは動かなくなり、接合部分全てが崩れ落ちて、岩と石の山と化す。なんか、普通の魔物と違って変な感じだね。

それから、何度かロックゴーレムが現れるがジェイドさんたちが倒していく。

メルさんの魔法で足を壊し、セニアさんがナイフを関節部分に投げて、ゴーレムの動きを鈍らせる。そこにジェイドさんと後方からトウヤも加わり攻撃をする。皆、慌てることもなく、各自がやることを理解している。流れ作業的な倒し方を見ると、よくゲームをやっていたころを思い出す。

戦いをパターン化して、効率よく経験値を稼ぐ。わたしもよくやったもんだ。もちろん、パーティーを組んでやったよ。

たまにだけど……、わたしにも経験はあるよ。

わたしもロックゴーレムと一回ぐらいは戦ってみたいな。そんなことを考えたせいか、少し大きな空間に出るとロックゴーレムが5体現れた。おこぼれにあずかれるかな？

「ジェイド、どうする？」

メルさんが尋ねる。今までロックゴーレムは多くても2体までだった。それが倍以上に増えた。ジェイドさんがわたしを見る。

「ユナ、一体頼めるか」

「別にいいけど」

おお、やっと回ってきた。しかも、お願いされた。これって信用されているってことだよね。いろいろ試したいけど、とりあえず耐久度を知りたいからクマパンチかな。でも、魔法も試したいな。

「助かる。倒したら、すぐに向かう」

全員がそれぞれロックゴーレムへと向かう。わたしが攻撃方法を決められずにいると、ロックゴーレムが近寄ってくる。とりあえず、ロックゴーレムの伸ばす腕をかわして、思いっきりクマパンチを胸に撃ち込む。

ロックゴーレムは吹っ飛んで、壁にぶつかって、崩れ落ちる。見事な三段活用。

えっと、クマパンチ一発で終了？

わたしが周囲を見ると、呆気《あっけ》に取られている4人の姿があった。戦っている最中に余所《よそ》見《み》をすると危険だよ。4人はすぐに目の前のロックゴーレムに集中する。

一応、助けたほうがいいよね。わたしは4人が戦っているロックゴーレムに向かうと、クマパンチを撃ち込む。残りの4体のロックゴーレムも壁まで吹っ飛ぶと崩れ落ちる。

弱い。

「ユナちゃん、本当に強かったんだね」

「噂《うわさ》どおり」

女性2人が近寄ってくる。

「ブラックバイパーやタイガーウルフを一人で倒したって本当だったんだな」

「まさか、クマのお嬢ちゃんがこれほど強いとは思わなかった」

うーん、ロックゴーレムがこんなに弱ければ、アイアンゴーレムも大丈夫かな?

152　クマさん、鉱山に潜る　その3

わたしがロックゴーレムをワンパンチしてから、ジェイドさんたちのわたしを見る目が変わった。

「このチビッコの、どこにあんなパワーがあるんだ？」

背が高いトウヤがわたしの頭をポンポンと叩《たた》きながら言う。

「同じ女とは思えない」

セニアさんがクマの着ぐるみ越しにわたしの二の腕を触ってくる。

「うーん、柔らかい」

柔らかいって、どっちが？　クマさんですか？　わたしの二の腕ですか？

とりあえず、2人を振り払って先に進むことにする。そして、先ほどのわたしの活躍によって、坑道を進む順番が変わった。なぜか、か弱いわたしがジェイドさんと一緒に先頭を歩くことになった。

メルさんが「援護をするから、安心して」と言って一歩下がる。

いきなり、パーティーの隊列を変えるのはまずくない？　と心の中で思いつつも、先頭を歩く。

でも、ロックゴーレムは思ったより弱かった。あんなに簡単に倒せるとは思わなかった。問題はあれ以上力を込めることができそうにないってことだ。さっきの力のレベルですら、ロックゴーレムが壁に衝突すると、上から小さな石とか土が落ちてきた。

「一応、坑道は土の魔石で強化されているから、少しぐらいなら崩れないはずなんだがな」

ベアートンネルのように土の魔石で強度を上げているらしい。

でも、先ほどの威力で坑道が少し崩れた。坑道が崩壊する可能性が高いので、これ以上力を込めて戦うわけにはいかない。

結局、坑道の強度も微妙なので、ロックゴーレムは壁に被害が出ないように気を使いながらクマパンチで終わらせる。

「完全に立場が逆転したな」

ジェイドさんがクマパンチ一発でロックゴーレムを倒すわたしを見て言う。

「あのとき、からかわないでよかったぜ」

「そんなことをしてたら、トウヤはゴーレムみたいになっていたわね」

「ちゃんと、墓標に『トウヤ、クマに殺され、ここに眠る』って書いておいてあげる」

「勝手に殺すな」

トウヤを除く3人が笑いだす。

順調に坑道を進み、階層が変わる。ジェイドさんたちの話では、ここから先はアイアンゴーレムが出てくるらしい。階層ごとに強さが違うゴーレムが出てくるって、ダンジョンに潜っているみたいだね。ゲームにはあったけど、この世界にもダンジョンってあるのかな？

あるなら、一度は潜ってみたい。

階層が変わったので探知スキルを使うとアイアンゴーレムの反応がある。

一番奥と思われる場所にはアイアンゴーレム5体の反応もある。これがジェイドさんやこのアイアンゴーレムの先に、一番最初に発見されたゴーレムがいるんだよね。

でも、その奥にいると思われるゴーレムの反応はない。さらに階層が違うのかな？

坑道を進むと広めの空間に出る。中央を見ると、アイアンゴーレムが立っている。大きさはロックゴーレムと変わりない。ただ、体全体が鉄で覆《おお》われている。

腕は太く、巨大なハンマーみたいだ。あんなので殴られたら、間違いなく死ぬ。もし、会話が通じるのなら、大工さんへ転職を勧めてみたい。

それにしても硬そうだ。殴ってもロックゴーレムと違って簡単には倒せなそうだ。クマの炎なら、鉄を溶かすこともできるかもしれないけど、そんな魔法を坑道で使ったら、自殺行為でしかない。あっという間に蒸し焼きになり、酸素がなくなって、死んでしまう。

頭を水で包んだら、窒息死してくれないかな。でも、それはないよね。塩水をぶっかけたら、錆《さ》びついて動かなくなるとか。でも、錆びついたら売り物にならない。それ以前に錆びるのに、どれだけの時間がかかることか。

次は風魔法だけど、鉄を斬れるかが問題だ。話によると普通の鉄より、強度は高いらしい。クマの風魔法なら、切り落とせるかな？

土魔法の場合はクマのゴーレムを作って、押さえつけて、その間に物理攻撃をするという方法もある。ただ、その「攻撃方法」が今はない。

あとは、戦わずに穴を掘って埋める方法もあるけど、難点としては、適当に穴を空けて地盤沈下してしまっても困る。さらに、この方法では鉄の素材が手に入らなくなってしまう。

それに埋めたとしても、地面の中で生き続けたら、掘り起こしたときが怖い。

とりあえずはジェイドさんたちがアイアンゴーレムと戦うところを見て、参考にさせてもらうことにする。

ジェイドさんたちは戦闘準備に入る。

まずはメルさんが土魔法で作った塊をアイアンゴーレムに放つ。土も圧縮すれば硬くなる。硬さは魔法使いの技量しだいだ。圧縮が大きいほど強度も上がる。

メルさんがアイアンゴーレムに土魔法をぶつけると、動きが一瞬だけ鈍くなる。動きが鈍くなったところにトウヤが攻撃を仕掛けるが、アイアンゴーレムの鉄の腕に弾《はじ》かれる。鉄の柱を攻撃しているようなものだ。剣で鉄の柱が斬れるわけがない。

アイアンゴーレムがトウヤに向いているとき、アイアンゴーレムの背後にセニアさんが回りこむ。セニアさんは両手にナイフを握りしめている。二刀流？

でも、トウヤが剣で斬れなかったのにナイフで斬りかかるの？

セニアさんは一瞬でアイアンゴーレムの間合いに入り、足を斬りつける。足は切り落とせなかったが、アイアンゴーレムの太ももあたりにナイフで斬られた跡が残る。間違いなく、セニアさんがナイフで斬った跡だ。

アイアンゴーレムをナイフで斬ったの？

「セニアが持っているのはミスリルナイフよ」

驚いているわたしにメルさんが教えてくれる。ミスリルナイフなんて持っていたんだね。でも、ランクを考えれば持っていてもおかしくはない。トウヤやメルさんが引きつけ、セニアさんが死角から攻撃を仕掛ける。セニアさんは同じ場所を2度、3度と斬りつけ、足を切断した。

片足を失ったアイアンゴーレムはバランスを崩して倒れる。

凄《すご》い、ナイフで、あの太い足を切断してしまった。セニアさんは足を切り落とすと、満足げな顔をしている。

足を失って動きが鈍ったところにジェイドさんが斬りかかる。アイアンゴーレムは腕を上げて防ごうとするが、ジェイドさんの剣によって腕は切り落とされた。

おお、凄い。

「ジェイドさんが持っている剣もミスリル？」

「ええ。でも、ミスリルの剣だからといって、ああもアイアンゴーレムを斬れるわけじゃないわよ。ジェイドの剣の技量があってこそできるのよ。これがトウヤだったら、弾かれていたわね」

メルさんが説明をしてくれる。

確かに、ミスリルの剣を持っているからという理由で簡単にアイアンゴーレムが斬れるなら、ランクD、Eにでも、貸し与えればいいことだ。

ミスリルの剣とジェイドさんの技量があってこそできることだ。だからこそ、ジェイドさんたちはランクCなんだね。それを考えるとナイフで斬ったセニアさんの技量もかなり凄いんだろう。

「それじゃ、トウヤが持っている剣は？」

「良い剣だけど、ミスリルじゃないわよ」

だから、弾かれていたわけだ。まあ、技量の問題もあると思うけど。そうなると、わたしの剣の技量ってどんなもんなんだろう。ゲーム時代は剣も扱ってはきた。アシスト機能もあって、ゲーム内ではかなりの技量を身につけていた。

今はクマ装備のおかげで、ゲームと近い感じに剣と魔法を使えている。でも、剣の技量ってどうなっているんだろう？

一応、ゲームのときと同じように剣を振るうことはできるけど。技量っていわれると分からない。わたしがミスリルの武器を持ったとして、ゲームで得た剣の技術で、アイアンゴーレムを斬ることができるのかな？

試したいけど、そのミスリルの武器がない。

う〜、なんでないのよ。


足と腕を切り落とされたアイアンゴーレムは、片足で立ち上がろうとするが、立ち上がれない。片腕を振り回して、ジェイドさんに殴りかかる。でも、ジェイドさんはゴーレムの腕をかわし、後方に数歩下がる。あとは、片腕をかわしながら攻撃をするだけだ。

「ああ、俺にもミスリルの剣があれば、アイアンゴーレムぐらい切り落とせるのにな」

トウヤが悔しそうにジェイドさんを見ている。

「無理」

セニアさんが一言でトウヤの言葉を否定する。

そのセニアさんの言葉にトウヤがなにかを言おうと口を開くが、セニアさんがさせない。

「こないだ、ジェイドの剣を借りたけど斬れなかった」

セニアさんが先に口を開いたことによって、トウヤは口をパクパクとしている。

「トウヤにミスリルの剣を渡しても、宝の持ち腐れ」

止《とど》めを刺すセニアさん。その間もジェイドさんはアイアンゴーレムの攻撃をかわしながら、斬りつけている。

しだいにアイアンゴーレムの動きは鈍くなり、ようやく崩れ落る。

アイアンゴーレムは斬られて無残な状態だ。これじゃ、ゴーレムのオブジェとして、飾れないね。


ジェイドさんたちが戦うのを見て思ったことは。うん、ミスリルの武器が欲しい。扱えるかどうか分からないけど、魔法やクマの力業《ちからわざ》ができないときには役に立ちそうだ。

鉄の塊となったアイアンゴーレムをセニアさんがアイテム袋にしまう。破壊されたアイアンゴーレムを見ていると、胸のところに魔石があった。

魔石を売ることを考えなければ、魔石を破壊するのも一つの手かもしれない。

「でも、魔石の位置はゴーレムごとに違うから、狙って壊すのは難しいわよ」

「そうなの？」

「それができれば、この先に5体いるアイアンゴーレムは、とっくに倒せているわ」

そうなると、剣で一刺しってわけにはいかないみたいだ。

ブラックバイパーを倒したときみたいに、体の外を傷つけないで体内を破壊する技とかできないかな。風を細かく揺らして、振動を体内に打ち込むとか？

とりあえず一つの案として、頭の中に留《とど》めておく。

153　クマさん、鉱山に潜る　その4

アイアンゴーレムの回収を終えたジェイドさんは小休憩の指示を出す。この先はアイアンゴーレムが続くため、一度体を休めるらしい。

「それでジェイド。今日はどこまで進むんだ」

トウヤが飲み物を飲みながら尋ねる。

「できれば一番奥まで行きたい。もしかすると、あの5体のアイアンゴーレムがいない可能性もあるからな」

残念ながら、ちゃんと探知スキルに表示されている。さらに、気になる表示を見つけた。人の反応が5つ。もしかして、あのバカレンジャーかな。

反応はわたしたちから少し離れた位置にある。このまま進むと鉢合わせするかもしれない？

まだクマの地図は真っ黒だから、どのあたりで鉢合わせするか、いまいち分からない。

でも、バカレンジャーのほうが5体のアイアンゴーレムに近い位置にいる。これは、わたしたちが到着するよりも先に、バカレンジャーがアイアンゴーレムと遭遇しそうだ。

わたしが他の人には見えないクマの地図を見て考え事をしていると、ジェイドさんが話しかけてくる。

「黙って、どうした？」

「ミスリルの武器が欲しいなと思って」

クマの探知のことは言えないので、違う答えで誤魔化《ごまか》す。

「本当は解体用のミスリルナイフが欲しくて王都に来たんだけど、ジェイドさんとセニアさんを見ていたら、ミスリルの武器も欲しくなったよ」

わたしはこの仕事を受けることになった理由を説明する。

「ミスリルを求めて王都に来たら、たらい回しにされたあげく、ギルマスに頼まれたと」

本当はエレローラさんにだけど、サーニャさんから頼まれたことにしておく。

「それよりも、わたしたちがゴーレムを討伐しないと王都の兵士が出てくるって本当なの？　それって、いつごろになるの？」

メルさんが問い詰めるように尋ねてくる。

「時期は聞いていないけど、お城から急《せ》かされていたから、時間はないかも」

たぶん、わたしの報告しだいだと思うけど、そこは言わないでおく。

「これは本当に急いだほうがいいみたいだな」

ジェイドさんは立ち上がる。

「あ～あ、俺にミスリルの剣があれば、アイアンゴーレムぐらい、さくっと倒すんだがな」

トウヤは立ち上がりながら、そんなことを言いだす。

「もう、そのネタはいい。誰も笑わない」

「トウヤ、そんな自虐ネタをしてまで、みんなを笑わすことはないよ」

「誰も笑わすために言ってねえよ！」

トウヤは冗談だと思っているメルさんとセニアさんに向かって叫ぶ。

「ミスリルの剣は、トウヤがもう少し技術を磨いてからだな」

「ちぇ」

ジェイドさんから言われると、素直に言うことを聞いて静かになる。

ミスリルの剣か。もしわたしが持っていたらどうなるのかな。ミスリルを手に入れるために来たのに、ミスリルの武器が必要になるって、どんなクソゲーよ。

わたしたちは休憩を終え、奥に進むことにする。

アイアンゴーレムが出てくると、中衛のメルさんが魔法を放ったり、トウヤが注意を引いたりする。その隙をついて、ミスリルの武器を持ったジェイドさんとセニアさんが斬りかかる。この方法で2体のアイアンゴーレムを倒す。

そのまま坑道を進んでいくと他の道と合流する。もしかして、この道はバカレンジャーが通ってきた道かな？

わたしは探知スキルで確認をする。

あれ？

5体のアイアンゴーレムの反応がなくなっている。前に確認をしたときには間違いなくいた。それがいなくなっている。もしかして、バカレンジャーが倒した？　だけど、そのバカレンジャーの反応もない。もしかして、階層が違う？

ジェイドさんたちはゆっくりと進み、5体のゴーレムがいたはずの空洞の様子を窺《うかが》う。

さすがに「いないから大丈夫ですよ」とは言えないので、みんなの後をついていく。

「いないわね」

「ああ」

「でも、戦った跡がある」

確かに、あっちこっちに戦った跡が見られる。壁は崩れ、地面に穴が空いたりしている。この空洞、崩れたりしないよね。生き埋めだけは勘弁だ。

「もしかして、バーボルドたちか？」

バーボルド？　ああ、バカレッドの名前だったね。わたしの心の中ではバカレッドで刻まれているから、一瞬誰のことを言っているのか分からなかった。

「それしか考えられないわね」

「あの5体を倒したのか？」

「性格は悪いけど、実力はある」

バカレンジャーのくせに強いらしい。もう少し早く来ていれば戦うところが見られたのに残念だ。

「ジェイド、どうする？」

メルさんがあたりを警戒しながら、これからの行動について尋ねる。

「そうだな。せっかくバーボルドが作ってくれた道だ。先に進もう。情報は少しでも多いほうがいいからな」

「でも、バーボルドに見つかったら、文句を言われないか？」

「バーボルドに見つからないようにすればいい」

「面倒ごとは嫌だけど、冒険者としては行かないとダメよね」

「文句を言われたら戻ればいいだろ」

なんだろう。一緒に戦って、依頼を解決しようって話が一切出てこない。まあ、わたしもバカレンジャーとは一緒に戦いたくはない。一緒に戦えば、間違ってバカレンジャーの後頭部に魔法を当ててしまう自信がある。

先に進むことにしたわたしたちが坑道を進むと、階層が変わり、クマの地図も変わる。そして、バカレンジャーと思われる5つの反応と魔物の反応が現れた。その魔物の表示を確認するとミスリルゴーレムとなっていた。

坑道を下っていくと、戦う音が聞こえてくる。

「くそ、なんて硬さだ」

「魔法が効かない」

「エンガイ、なんとかしろ」

「無理だ」

開けた空洞ではバカレンジャーが戦っていた。

バカレッドが剣で斬りかかるが、ミスリルゴーレムに弾《はじ》かれる。

バカブルーがスピアで突くが、ミスリルゴーレムに弾かれる。

バカグリーンが巨大なハンマーで攻撃をするが、ミスリルゴーレムに弾かれる。

バカブラックが土魔法を放つが、ミスリルゴーレムに弾かれる。

バカホワイトが風魔法を放つが、ミスリルゴーレムに弾かれる。

バカレンジャーの攻撃は効いていない。物理攻撃も魔法攻撃も弾かれる。

それでも、バカレンジャーの攻撃は続く。見る限りではバカレンジャーのレベルが低いわけじゃない。ランクDのデボラネと比べても動きはいいし、パーティーの連携もしっかりしているように見える。

ただ、ダメージを与えられていないのだ。それでも、バカレンジャーは諦めずにミスリルゴーレム相手に戦っている。

「あれってアイアンゴーレムなの?」

「だと思うが……」

「バーボルドが持っているのはミスリルの剣よね」

「魔力で硬質化しているのかもしれない」

ジェイドさんたちはミスリルゴーレムとバカレンジャーの戦いを見て驚いている。どうやら、ミスリルゴーレムだと気づいていないみたいだ。

バカレッドの重い一撃が入るが弾かれる。

「くそ！　なんだ。この硬さは」

さらにバカブラックが横から大きな岩をぶつけるが、岩が粉々になるだけだ。無傷と言っても過言じゃない。これは魔法使いには不利だ。坑道の中では魔法は制限される。さらには仲間にも気を使わないといけない。

物理攻撃もダメ。魔法もダメ。どうやってミスリルゴーレムを倒せっていうの？

それでも、諦めずに戦っているバカレッドたちの戦いを見ていると、バカレッドがわたしたちの存在に気づく。

「なにしに来やがった」

「見に来ただけだよ。もし、おまえさんがやられていたら、俺が代わりに倒してやろうかと思ってな」

「ふざけるな！　俺様がやられるわけがないだろう。貴様に出番なんてない。帰って寝てろ！　もしこれ以上戦いを見るなら、見物料をもらうぞ！」

持っている剣をわたしたちに向ける。

「しかも、ペットのクマと一緒か！」

ペットってわたしのことだよね。くまゆるでも召喚して、背後から襲わせようかな。

「一応確認するが、手助けは必要か？」

「いらん！」

ジェイドさんの言葉にバカレッドは即答する。

「分かった。俺たちは帰らせてもらうよ。もしおまえさんが死んでも、戦いのことはギルドに報告しておくから、安心してくれ」

「死なねぇよ！」

バカレッドはミスリルゴーレムに向かって走りだす。

個人的にはもう少し戦いを見ていたかったけど。バカレッドがうるさそうだったので、ここから離れることにする。

う〜ん、それにしてもミスリルゴーレムか。厄介《やっかい》な魔物が現れたものだ。力押しのわたしの攻撃じゃバカレッドと同じになる。それにわたしはミスリルの武器を持っていない。

そうなると魔法になるけど、坑道の中では制限されてしまう。

「あれは倒せないいな」

歩きながらジェイドさんが口を開く。

「うん、無理」

「あれはなんだったんだ？」

トウヤが全員に尋ねる。

「今まで戦ってきたアイアンゴーレムより硬いのは確かよね」

「アイアンゴーレムより硬いって、想像もしたくないな」

「バーボルドのミスリルの剣でも切れなかった」

「技量がないとか？」

「性格は最悪だけど、ミスリルの剣を持つだけの実力はある」

「そのバーボルドの力をもってしても斬ることができなかった」

「なら、手を貸したほうがよかったんじゃ？」

わたしは尋ねる。一人でダメなら2人って考えもある。

「あいつは断ったからな。なら、手助けはできないさ」

「そういうこと。手伝ってほしいと頼まれれば手伝うけど。そうじゃなければ助けない。それが冒険者の暗黙のルールだからね」

「助けたあとに、手に入れた素材、依頼報酬のことでトラブるからな。もちろん、命がかかっているなら、気にしないで助けることもあるが」

「バーボルドを助けると、逆に文句を言われるだけだよ」

冒険者は正義の味方ではない。困っている者を無報酬で助けるわけでもない。今回のゴーレムの件も、仕事で受けている。あたりまえのことだが、お金のために仕事をしている。

だから、バカレンジャーには一緒に戦うという考えがない。バカレンジャーは助けを求めようとはしない。共闘すれば倒せる可能性もあるのに潰《つぶ》している。ゲームでもそうだったけど、人数が少なければ少ないほど報酬の割り当ては多くなる。だから、しかたないといえばしかたないのかもしれない。

わたしだってミスリルゴーレムを独り占めしたい気持ちはある。

わたしたちはバカレンジャーが戦っている場所を後にして、今日は帰ることにした。帰り道は、地図を完成させたいから、バカレンジャーが通ってきた道から帰ることをお願いしてみると、ジェイドさんたちは快く了承してくれた。


鉱山から戻ってきたわたしたちは宿屋で食事をしている。

「それで、ジェイド、どうする？」

「どうするって？」

「あのゴーレムよ。バーボルドたちに倒せるようには見えなかったけど」

「あれは斬れない」

「俺にミスリルの剣があっても無理だな」

トウヤの言葉を全員スルーする。

「バーボルドたちが倒してくれれば依頼は終了だ。もしダメなようなら、ギルドに連絡だな」

「それしかないわよね」

「悔しいけどしかたない」

ミスリルゴーレムを倒す方法か。

坑道の中でなければ、力ずくで倒すんだけど、そんなことをすれば坑道が崩れる可能性もある。閉鎖的な場所ではクマさんチートが役に立たない。

埋めても倒したことにならないよね。それに埋めたとしても、ゴーレムは窒息死はしないだろうし。それだと、ゴーレム湧きの原因を突き止めたことにはならない。

何よりもミスリルの素材が欲しい。それがここまで来た理由だ。

食事を終えて、お茶を飲みながら休んでいると、宿の入り口が騒がしくなる。

「くそ、あんなの倒せるかよ！」

「魔法が効かないとか、なんなのよ」

「硬すぎる」

「もう、魔力がない」

「腹が減ったから飯にしようぜ」

バカレンジャーが入ってきた。どうやら、生きて戻ってきたらしい。

「バーボルド、生きて戻ってきたのか」

わたしが思っていることとジェイドさんの言葉が被《かぶ》った。

「死ぬかよ！」

「それで、倒したのか？」

先ほどの会話とバカレンジャーの顔を見れば分かるのにジェイドさんはわざわざ尋ねる。

「貴様たちが来たせいで、集中力が落ちた。だから、今回は見逃してやったよ」

どっちが見逃してもらったのかな。

「それはすまなかったな。バーボルドぐらいの実力者なら、俺たちが現れたぐらいで集中力が切れるとは思わなかったからな」

「ちぇ」

そう言われたら、黙るしかない。反論しようものなら、冒険者のレベルが低いと思われる。

「冗談はここまでにして、実際はどうなんだ？」

バーボルドたちは近くの空いている席に座る。

「ありゃ、無理だな。物理攻撃も魔法も効かない。効いているかもしれないが、あっちの魔石の力がなくなる前に俺たちの体力と魔力がなくなる」

「やっぱり、無理か」

「あいつとやるなら、覚悟しておけよ」

「おまえさんはもう戦わないのか？」

「割りに合わん。あいつを相手にするなら他のアイアンゴーレムを相手にして儲《もう》けたほうがいい。そういう貴様たちはどうなんだ。俺たちの戦いを見ていたんだろう？」

「俺たちもパスだな。倒せる方法がない。本当はおまえさんが倒してくれればと思ったんだが」

「そりゃ、期待に沿《そ》えずに悪かったな」

「これはギルドに報告をしないとダメだな」

ジェイドさんはバーボルドの話を聞いて、そう結論づける。

「王都の兵士や魔法使いか、騎士クラスが出てくれれば倒せるか？」

「人材も道具もあるから大丈夫だろ」

「それじゃ、俺たちは王都から兵士が来るまで、アイアンゴーレムで稼がせてもらう」

「バーボルド、情報ありがとな。女将《おかみ》さん！　バーボルドたちにビールを一杯、俺の奢《おご》りで」

「たったの一杯かよ」

「倒すことができる情報なら、もっと奢るよ」

「そんな情報があるなら、貴様に話さずに俺様が倒す」

バーボルドとジェイドさんはお互いに笑う。仲が良いんだか悪いんだかよく分からない。

冒険者って、こんなものなのかな？

その後、ジェイドさんたちとバカレンジャーたちは遅くまで酒を酌み交わしたそうだ。

わたし？　もちろん、部屋に戻って寝たよ。

154　捕らわれの姫編　その1

ユナお姉ちゃんが行ってしまいました。

クマさんの丸い尻尾《しっぽ》が遠ざかっていきます。

なんで、こんなことになってしまったのでしょうか。

事の発端はユナお姉ちゃんが倒してきた黒虎《ブラックタイガー》の解体を頼まれたことです。

黒虎《ブラックタイガー》は硬くて、わたしが持っているナイフでは毛皮を剝《は》ぎ取ることができませんでした。

魔物は生きているときは魔力などで体を覆《おお》っているため硬く、死後は魔石からの魔力の供給がなくなり柔らかくなります。だけど、黒虎《ブラックタイガー》は死んだあとも皮が硬く、わたしが持っているナイフでは解体することはできませんでした。わたしに力がないのも原因ですが、上級魔物になれば、それだけ高級な解体道具が必要になるのも事実です。

わたしは解体できない理由をユナお姉ちゃんに伝えました。すると、ユナお姉ちゃんは黒虎《ブラックタイガー》を解体できるナイフを買いに行こうと言いだしました。

鋼のナイフでも解体はできるはずですが、ユナお姉ちゃんはミスリルナイフを買うと言いだしました。ミスリルナイフが物凄《ものすご》く値段が高いのは知ってます。

当然、わたしは断りました。でも、今後も必要になるかもしれないからと言って、わたしの言葉を聞いてくれませんでした。でも、今後って、ユナお姉ちゃん、わたしにいったい何を解体させるつもりなの？

考えるだけで恐ろしくなります。

だけど、クリモニアの鍛冶《かじ》屋のゴルドおじさんのところにはミスリルナイフは売っていませんでした。でも、ユナお姉ちゃんは諦めません。

ユナお姉ちゃんは、わたしを連れて王都に行くと言いだしました。普通なら、簡単に王都まで行くことはできません。でも、ユナお姉ちゃんの家には不思議なクマさんの扉があります。このクマさんの扉に入ると、不思議なことに一瞬で王都に行くことができます。こんな魔道具を持っているユナお姉ちゃんは凄いです。


王都に着くと、鍛冶屋の場所を聞くために商業ギルドへと向かいます。その途中、ノア様のお姉さんのシア様に会いました。シア様は鍛冶屋の場所を知っているそうなので、案内してくれることになりました。

無事に鍛冶屋に到着しましたが、ここでもミスリルナイフを手に入れることができませんでした。なんでも、鉱山に魔物が現れて、鉱石が手に入りにくくなっているそうです。

でも、ここで諦めるユナお姉ちゃんではありません。今度は冒険者ギルドに行くことになります。冒険者ギルドに行くと、冒険者たちがユナお姉ちゃんを見て騒ぎだします。わたしは怖くてユナお姉ちゃんの後ろに隠れます。

絡まれるかと思ったら、冒険者ギルドのギルドマスターのサーニャさんがやってきて、冒険者たちを一喝《いっかつ》してくれます。すると冒険者たちは静かになります。カッコよかったです。

サーニャさんから、鉱山のお話を聞くことになりました。どうやら、ミスリルナイフを手に入れるのは無理そうです。ちょっと残念な気もしますが、ミスリルナイフはわたしには早いってことなんだと思います。

わたしたちが諦めて帰ろうとしたとき、エレローラ様が現れました。

エレローラ様はユナお姉ちゃんに、鉱山に現れたゴーレムの討伐を依頼します。最初は断ろうとしていたユナお姉ちゃんですが、ミスリルナイフを条件に仕事を引き受けました。

ユナお姉ちゃんが仕事に行くってことは、わたしはクリモニアで待っていればいいのかな?

クマさんの扉があるので、帰るのは一瞬です。でも、エレローラ様がとんでもないことを言いました。

「それじゃ、その間、フィナちゃんのことはわたしの家で預かるわね」

エレローラ様に抱き締められます。わたしは助けを求めるようにユナお姉ちゃんを見ると、ユナお姉ちゃんも慌てています。

不思議なクマさんの扉でクリモニアに帰れることは言えません。ユナお姉ちゃんも、どうしようか困っています。

もし、ユナお姉ちゃんが一人で仕事に行ってしまったら、わたしは一人になってしまいます。それだけは嫌です。でも、ユナお姉ちゃんはエレローラ様に「よろしくお願いします」と返事をしました。

ユナお姉ちゃん！

わたしは心の中で叫びました。

クマさんの扉のことはユナお姉ちゃんとの秘密なので、クリモニアに帰れるとは言えません。ましてや、魔物を倒しに行くユナお姉ちゃんについていくわけにもいきません。だから、わたしが王都に残るのはしかたありません。

でも、平民のわたしが貴族様のお屋敷に一人で泊まるなんて、考えただけでお腹《なか》が痛くなります。一人でユナお姉ちゃんのクマさんのお家《うち》に泊まることを提案したのですが、ユナお姉ちゃんとエレローラ様にダメと言われてしまいました。

うぅ、一人でも大丈夫なのに。

昨晩はユナお姉ちゃんがいてくれましたが、今日から一人です。ユナお姉ちゃんは一人でゴーレム討伐に向かいました。ユナお姉ちゃんのことも心配ですが、自分の心配もしないといけません。粗相をするようなことがあれば大変なことになります。

わたしは迷惑がかからないように部屋でおとなしくすることにしました。

でも、わたしに安息はやってきませんでした。

わたしが部屋でおとなしくしていると、エレローラ様とメイドのスリリナさんが部屋にやってきます。嫌な予感しかしません。スリリナさんはハンガーに掛かった綺麗《きれい》な洋服をたくさん持っています。

シア様の小さいときの服でしょうか？　それともノア様の服なのかもしれません。でも、あのお洋服は誰が着るのでしょうか？

「どれが似合うかしら」

「エレローラ様、こちらはどうですか？」

「それもいいわね。でも、こっちもいいと思わない？」

「はい、似合うと思います」

誰に似合うんですか？　ノア様ですか、シア様ですか？　そう、思いたいです。でも、違うことは分かってます。先ほどから2人はチラチラとわたしのほうを見ています。考えただけで、お腹が痛いです。

現在、分かっていることは、わたしが危険な状況に陥っているということです。

エレローラ様が一着の服を持って、こちらを見ます。

「フィナちゃん、お着替えしましょうね」

エレローラ様が近寄ってきます。エレローラ様の笑顔が怖いです。助けてくれるユナお姉ちゃんはいません。自分で断らないといけません。

もし、あの洋服を汚したり、なにかがあったりしたらと考えただけで、震えてきます。

「洋服なら着てますから、大丈夫です」

頑張って断ってみました。

「あら、ダメよ。ちゃんとお着替えしないと。その服は昨日も着てたでしょう」

「そんなに汚れていないから」

わたしは一歩下がります。でも、エレローラ様とスリリナさんは2歩進みます。

「ダメよ。女の子は綺麗にしないと」

ユナお姉ちゃん、助けて……。

エレローラさんとスリリナさんがさらに近寄ってきます。シア様に助けを求めたくても、シア様は学園に行ってしまい、お屋敷にはいません。このお屋敷にはわたしを助けてくれる人は誰もいません。

わたしは、もう一歩下がります。後ろにあるベッドにぶつかって、これ以上下がることができません。でも、エレローラ様たちは歩み寄ってきます。

もう、どこにも逃げる場所はありません。

「そんな綺麗な服を着ても、わたし似合いませんから」

「あら、そんなことはないわよ。きっと可愛《かわい》いわよ」

「はい、わたしもそう思います。フィナさんは可愛らしいですから」

ダメです。左右に分かれて、逃がさないようにと迫ってきます。

「でも、そんな高そうなお洋服を汚したら」

逃げ道を探します。

「汚しても大丈夫よ。怒ったりしないから」

「汚れても、わたしが責任を持って洗濯をいたしますから大丈夫です」

「でも……」

逃げるための言葉が出てきません。

ユナお姉ちゃん、タスケテ……。

わたしの声はユナお姉ちゃんには届きません。

「…………」


結局、着替えさせられました。

可愛いフリルがついてます。肌触りがいいです。高級な素材で作られてます。汚れても、スリリナさんがどうにかしてくれると約束をしましたが、破けたりした場合はどうなるんでしょうか？

弁償の2文字が頭に浮かびます。お腹が痛くなります。こうなったら、服が破けたりしないように、ユナお姉ちゃんが帰ってくるまで人形のように部屋でじっとしていることにします。そうすれば、服が破けることも、汚れることもありません。

うん、いい考えです。

「それじゃ、フィナちゃん。お出かけしましょう」

「……えっ」

数秒でわたしの考えは崩壊しました。

でも、まだです。

「わたし、ここでお留守番してます。ユナお姉ちゃんが帰ってくるのを待っています」

「フィナさんはお客様です。お留守番の必要はありません。ユナ様が戻ってきましたら、ご連絡を差し上げます」

「それにユナちゃんは、さっき出発したばかりでしょう。流石《さすが》のユナちゃんでも、しばらくは帰ってこないわよ」

そうでした。ユナお姉ちゃんは先ほど出発したばかりです。結局、断る言葉も思い浮かばず、エレローラ様とお出かけすることになりました。

一体、どこに行くのでしょうか？

向かった先はお城でした。

お母さん、わたしが死刑になったらゴメンね。

……いえ、そうならないように頑張らないといけません。

お城で貴族様に会ったら、失礼がないように行動をしないといけません。

生きて帰るために頑張ります。

155　捕らわれの姫編　その2

わたしはエレローラ様とお城にやってきました。お城に入るのは2度目ですが、緊張します。あのときはユナお姉ちゃんが一緒だったけど、今日はいません。

「フィナちゃん、どこか行きたいところある？」

「……えっと」

いきなり、そんなことを聞かれても困ります。そもそも、お城になにがあるか分からないです。知っているのは前回案内されたところだけです。騎士様の練習風景を見ても怖いだけです。

「……分からないです」

わたしは考えた結果、そう答えます。

緊張で頭が回らないです。不安が込み上げてきます。ユナお姉ちゃん、早く帰ってきて。

「そんなに緊張しなくても大丈夫よ。フィナちゃんに危害を加える人がいたら、ユナちゃんの代わりにわたしがやっつけてあげるわよ。たとえそれが、国王でもね。だから安心して」

安心なんてできません。もし、国王様とエレローラ様がわたしのことで言い争うことがあれば……考えただけでお腹《なか》が痛くなります。

「そうね。それじゃ、あそこに行きましょう」

エレローラ様はそう言うとわたしの手を握ります。

ど、どこに行くんですか？　国王様のところじゃないですよね？

エレローラ様が連れてきてくれた場所は、綺麗《きれい》なお花が咲いている庭園でした。

「綺麗……」

まるで、絵本に出てくるお城にあるような花壇です。いえ、ここはお城でした。たぶん、ユナお姉ちゃんに会っていなかったら、王都に来ることもお城の中に入ることもなく、平民のわたしには絶対に見ることができなかった光景です。

花壇には見たことがない花がたくさん咲いています。森の中で咲く花とは違います。まるでお姫様になったような気分です。

もしかすると神様が死ぬ前に用意してくれた風景かもしれません。ありがとうございます神様……。

いえいえ、頑張って生きて家に帰らないといけません。お母さんもシュリもお父さんも待っています。こんなところで死ぬわけにはいきません。とりあえず、綺麗なお花を見て、心を落ち着かせます。

赤や青、ピンク、黄色、いろんな綺麗な花が咲いてます。

少しずつ、落ち着いてきました。ここで誰にも会わずに時間が過ぎるのを待つのも良い考えです。そうすれば貴族様に会わなくて済むかもしれません。われながら良い考えで

「エレローラ、休憩中か？」

花を見ていると、誰かがエレローラ様に話しかけてきました。声がしたほうを振り向くと、貴族様よりも、もっと偉い人がいました。先日、ユナお姉ちゃんの家に来た人です。国王様です。

ど、どうしよう。貴族様より偉い人が来てしまいました。

やっぱり、わたしはここで死ぬみたいです。

もし、国王様に失礼なことをしたら、死ぬのはわたしだけじゃないかもしれません。家族が全員殺されてしまうかもしれません。逃げだすわけにもいかないです。

ユナお姉ちゃん、助けて……。

「今日はお休みよ」

「それじゃ、なんで城にいるんだ」

「今日はこの子と散歩よ」

エレローラ様がわたしを抱き締めます。わたしは硬直したまま、声を出すことができま

せん。

「うん？　どこかで見たことがある娘だな」

「たぶん、ユナちゃんと一緒にいるところを見たんじゃないの？」

「ああ、ユナの家にいた娘か」

国王様がわたしを見ます。緊張で死にそうです。

「フィ、フィナと申します」

どうにか頑張って、丁寧に名乗ることができました。

「ユナと違って礼儀正しいな」

国王様が手を伸ばして、わたしの頭を撫《な》でてくれます。国王様がこんなに近くに、しかも、わたしの頭を撫でてくれてます。これが、最後の幸運なんですね。

お母さん、さよなら。シュリ、元気でね。お父さん、お母さんとシュリをお願いします。

「あら、そんなことを言ったらユナちゃんがかわいそうよ」

「あいつな、城に来ているくせに、一度も自分から俺のところに挨拶《あいさつ》に来ないんだぞ。普通、ありえんだろう」

「まあ、ユナちゃんの目的はフローラ様ですからね」

「しかも、俺がフローラの部屋に行くと、『また、来たの？』って感じで邪魔者を見るような目で見るんだぞ。あいつ、絶対に俺のこと、国王と思っていないだろ」

ユナお姉ちゃん、国王様になにをしているんですか！　ユナお姉ちゃんが殺されてしまいます。ユナお姉ちゃんに会ったら教えないといけません。だから、わたしは生きてお城から出ないといけません。

「まあ、ユナちゃんは誰にでもそうみたいよ。クリフもこないだ会ったときに同じことを言っていたし。でも、ユナちゃんのことは嫌っていないんでしょう」

「まあな、娘にも優しくしてくれるし、いろいろと助けてもらっている。なによりも、美味《おい》しい物を持ってきてくれるからな」

なんと、国王様が餌付《えづ》けされています！

わたしもそうですが。

ユナお姉ちゃんが作る食べ物はどれも美味しいです。


どうやら、国王様はわたしの存在を忘れたようで、ユナお姉ちゃんの話に夢中になっています。どうにか国王様に失礼がないまま終われそうです。

……そう思っていたときが、わたしにもありました。

「フィナと言ったな」

国王様がいきなり、わたしに話しかけてきました。

「ひゃい」

まずいです。驚いて変な声が出てしまいました。まさか、わたしに話しかけてくださるとは思いませんでした。心の準備ができていません。こんな命がかかった場所で油断するなんて、わたしはバカです。

「あんまり、フィナちゃんを驚かせちゃダメよ。それでなくても、怖い顔なんだから」

「おまえ、何気に酷《ひど》いこと言っていないか？　まあ、驚かせるつもりはなかった。ただ、ユナとの関係が知りたくてな」

ユナお姉ちゃんとの関係ですか？　ユナお姉ちゃんとの関係と言われても分かりません。友達？　仕事をくれる人？　とりあえず分かっていることを伝えます。

「ユナお姉ちゃんは命の恩人です」

これだけは事実です。ユナお姉ちゃんがいなかったら、わたしは死んでいました。

「命の恩人？」

国王様が興味を持ったみたいで、尋ねてきました。

わたしは国王様にユナお姉ちゃんとの出会いの話をすることになりました。どうにか、ちゃんと話すことができました。

「森の中で遭遇か。それは別の意味でも驚いただろうな」

あのときは命が助かった安堵《あんど》と、クマの格好をしたユナお姉ちゃんが現れて、いろいろと混乱したのを覚えています。

「それで、ユナはいないのか？」

国王様は周囲を見ます。

「今日はいないわ。冒険者ギルドの仕事で鉱山に向かったの。その間、フィナちゃんはわたしの家で預かることになったの」

「鉱山？　ああ、報告に上がっていたな。鉱山にゴーレムが現れたとか。冒険者ギルドで対処できなかった場合、兵士を動かす許可申請が来ていたな」

「ちゃんと目を通してくださいよ。軍を動かすんだから」

「でも、ユナが向かったんだろ。なら、兵士の準備はいらんだろ」

凄《すご》いです。ユナお姉ちゃんは国王様にも信頼されているみたいです。

「まあ、ユナちゃんだからね」

「あの姿で強いって、未《いま》だに信じられんが」

「可愛《かわい》いですもんね」

はい、わたしも可愛いと思います。

「それで、エレローラはこれからどうするんだ」

そうです。そろそろ、ここから離れましょう。国王様の側《そば》にいるだけで、わたしの精神的ダメージが大きいです。もう、わたしの精神はそろそろ限界です。そろそろお昼だし、お屋敷に帰りましょう。お城にいるより、エレローラ様のお屋敷のほうがまだ落ち着きます。わたしはエレローラ様に目で訴えます。

「フィナちゃん、お腹空《す》いた？」

どうやら、通じたみたいです。わたしは小さく頷《うなず》きます。

「それじゃ、ユナちゃんから預かったお土産があるから、フローラ様のお部屋に行こうか」

「食べ物か?」

「お昼にね」

「なら、俺も行こう」

2人とも、なんて言ったの? わたし、聞き間違えたかな? これから、お姫様の部屋に行って、国王様と一緒にお昼を食べるって聞こえたけど?

聞き間違いではなかったみたいです。わたしはエレローラ様にフローラ様のお部屋に連れていかれます。

ユナオネエチャン、タスケテ……。


……数時間後。

無事にお屋敷に戻ってきました。フローラ様と国王様と一緒にお昼を食べましたが、味は覚えてません。さらに王妃様も途中で現れて、わたしの思考はそこで止まりました。

生きて帰ってこられたってことは粗相はしていないはずです。わたしはベッドの上に倒れます。

ユナお姉ちゃん……早く戻ってきて……。

くぅ〜ん、くぅ〜ん、くぅ〜ん、くぅ〜ん、くぅ〜ん、何かが聞こえます。どこからでしょうか?

この鳴き声には聞き覚えがあります。わたしはユナお姉ちゃんにもらったアイテム袋からクマさんの人形を取り出します。

やっぱり、このクマさんが鳴いていました。これは「くまふぉん」という、遠くの人とお話ができる魔道具です。わたしは「くまふぉん」を手にすると魔力を流します。

『もしもし、フィナ。聞こえる？』

「ユナお姉ちゃん!?」

『そっちは大丈夫？』

「ユナお姉ちゃん、大変だったんですよ。エレローラ様に綺麗な服に着替えさせられるし、お城に連れていかれるし、国王様にも会うし。それから、国王様や王妃様と一緒にお昼まで食べることになって」

『いつものことだね』

「ユナお姉ちゃんにとってはいつものことでも、緊張で食べたパンの味が分からなかったです」

『でも、楽しんだんだね』

「楽しんでいないです。それよりユナお姉ちゃん、お仕事のほうはどうですか？」

『う～ん。今日到着したばかりだから、なんとも言えないね』

「そうなんですか？」

『でも、頑張って早く戻るから、王都見物でもして楽しんでいてよ。ティルミナさんたちにお土産を買ってもいいし』

　ユナお姉ちゃんから、自由に使っていいとお金を預かってます。かなりの金額です。わたしには必要がないからと返そうとしたら、無理やりに持たされました。基本、エレローラ様のお屋敷で食事も出るので、お金を使うことがありません。だから、必要がありません。

　それに一人で王都の散歩をするのは少し怖いので、買い物も行きません。

「ユナお姉ちゃん、早く帰ってきてくださいね」

『了解。なるべく、早く帰るよ』

　ユナお姉ちゃんの声が聞こえなくなりました。ユナお姉ちゃんの声を聞いたら心が落ち着きました。

　でも、本当にこれはどうやって会話をしているのか謎です。わたしは「くまふぉん」をしまいます。

　ちょうどそのとき、食事の用意ができたとスリリナさんが来ました。

156 クマさん、鉱山に潜る その5 アイアンゴーレム編

食堂では、ジェイドさんたちとバカレンジャーたちの酒盛りが始まったので、早々と部屋に逃げて、ベッドに倒れ込む。

酔っぱらいほど、性質《たち》が悪いものはない。酔っぱらいには言葉は通じないし、絡んでくるからウザイ。宿屋に泊まると、そのような光景を何度も見てきた。

どこの世界でも共通なことだけど、酔っぱらいから身を守る方法は、近寄らないことだ。

部屋に逃げてきたわたしは酔っぱらいが入ってこないように、しっかりと部屋の鍵をかける。

部屋に誰も入ってこられないことを確認すると、ベッドに腰をかけて今後のことを考える。

ジェイドさんとバカレンジャーは、どうやらミスリルゴーレムを倒すのは諦めたみたいだ。

ジェイドさんたちが冒険者ギルドにゴーレム討伐ができないと連絡をすれば、兵士が来ることになる。

ギルドから連絡が行っても、すぐに兵士が動くとは思えないけど、わたしがミスリルゴーレムを倒すなら早めに行動をしたほうがいいよね。

あのミスリルゴーレムは国に渡したくない。

どうにかわたしが倒して、ミスリルを独り占めにしたいところだ。そのためには国の兵士が動く前に倒さなければいけない。

でも、ミスリルゴーレムを倒すといっても、バカレンジャーの戦いの様子を見た限りでは、簡単に倒せそうもない。

それにミスリルゴーレムの場所に向かうにはアイアンゴーレムがいる。ミスリルの武器を持っていないわたしでは、坑道の中で倒すのは苦戦しそうだ。

力ずくで殴れば、坑道が崩れるかもしれない。

もし、避けて通ったとしても、ミスリルゴーレムと戦っている時に、後ろから襲われたら面倒くさい。

わたしはベッドから立ち上がる。

まだ使ったことがないが、アイアンゴーレムに有効な攻撃方法がある。

あと、ミスリルゴーレムを倒す反則技も思いついた。

わたしはそのアイディアの確認及び実験をするため、部屋の中にクマの転移門を設置する。

クマの転移門が開く場所は……。

ペチペチ。

頬《ほお》を叩《たた》かれる。

眠い。

ペチペチ。

昨夜はゴーレム対策の実験をして、寝るのが遅くなったので眠い。だから、もう少し寝ていたい。

ペチペチ。

遅く帰ってきたのにもかかわらず、ジェイドさんたちはまだ食堂で騒いでいた。

ペチペチ。

昼間、あんなに戦っていたのに疲れていないのかな。流石《さすが》冒険者というべきか。無尽蔵な体力だ。

ペチペチ。

ランクCになるとそのぐらいの体力もあるのかな。

ペチペチ。

「起きるよ」

くまゆるとくまきゅうの手を摑《つか》む。先ほどからくまゆるとくまきゅうに左右から顔をペチペチと叩かれていた。白クマの服のおかげで、体に疲れはないけど、眠い。でも、白クマの服で眠気も取れたら最悪だ。寝るのが好きなわたしにとって、睡魔がなくなるのは困る。このまどろみの時間が一番気持ちいい。

でも、今日はいつまでも惰眠を貪《むさぼ》っているわけにもいかないので、起き上がる。

「おはよう。くまゆる、くまきゅう」

背中を伸ばしてから、くまゆるとくまきゅうの頭を撫《な》でる。眠いけど仕事に行かないといけない。15歳で仕事とか、わたしもこの世界に染まってきたのかな。ベッドから降りて、白クマから黒クマの服に着替える。

食堂に行くと、お酒臭い。食堂にお酒のにおいが漂っている。

「おや、クマの嬢ちゃん。早いね」

宿屋の女将《おかみ》さんがキッチンから出てくる。

「おはようございます。お酒臭いですね」

クマさんパペットで鼻を押さえながら挨拶《あいさつ》する。

「どうやら、バカどもが早朝まで飲んでいたらしいね。わたしも夫に任せて寝たけど、夫が部屋に戻ってきたのは朝方だったよ。夫も最後まで付き合ったみたいで、まだ寝ているよ。今回は許すけど、今度やったら、お仕置きが必要だね」

女将さんは笑いながら窓を開けてゆく。窓から心地よい風が入ってくる。

「今、空気を入れ替えるから、しばらく我慢しておくれ。その代わり朝食は多めにサービスするよ」

わたしは欠伸《あくび》をしながら席に座る。まだ早いためか、食堂には誰もいない。ジェイドさんやバカレッドたちの冒険者以外にも、鉱石を買いに来た商人も泊まっている。でも、食堂にはわたししかいない。

話しかけてくる者もいないので、のんびりと朝食を待つ。時間が経《た》つにつれて、空気も徐々に入れ替わり、お酒のにおいも消えていく。しばらくすると、女将さんが食事を持ってきてくれた。

「あいよ。待たせたね」

「ありがとうございます」

「今日はどうするんだい。クマの嬢ちゃんも冒険者らしいけど、ジェイドたちはしばらくは起きてこないと思うよ」

「う～ん、とりあえず、一人で鉱山に行ってみようと思います」

「一人でかい！」

女将さんは驚いたように少し、大きめの声を出す。

「うん。早く終わらせて帰りたいからね」

「終わらせるって……。ジェイドやバーボルドたちでも無理なんだよ。嬢ちゃん一人じゃ、危険だよ」

まあ、こんなクマの格好をした女の子が強いとは普通は思わないよね。でも、女将さんは純粋に心配してくれているようなので、素直に受け止めておく。

「女将さんも、いつまでも鉱山がこのままじゃ困るんですよね」

「まあ、それはね。このままじゃ、坑夫の仕事もなくなるし、飲みに来てくれるお客さんが減って困るね」

すでに、仕事終わりに飲みに来る人が減ってきているらしい。どこの世界でも一緒なんだね。

「だからといって、嬢ちゃんみたいな女の子が魔物と戦うっていうのもね」

「別に無理をするつもりはないよ。無理なら、逃げてくるし」

「約束だよ。危なくなったら逃げてくるんだよ。それにしても、こんな小さな女の子が冒険者だなんてねえ」

わたしは、心配してくれる女将さんにお礼を言って、少し多めの朝食をとり終わると一人で鉱山に向かう。朝も早かったおかげで、外を歩いている人も少なく、誰にも絡まれないで鉱山に到着する。

さて、昨日の夜、睡眠を削ってまで準備したことが役に立てばいいけど。

わたしは一人で坑道の中に入る。

今回はジェイドさんたちの案内はないけど、一回ミスリルゴーレムまで向かったので、クマの地図を見ればミスリルゴーレムまでの道のりが分かるため、迷子になることはない。

坑道を進むとマッドゴーレムが出てくるが、風魔法で刻んで先に進む。

一人で進む坑道は物静かで少し寂しいね。バカなことを言うトウヤはいないし、毒舌のセニアさんはいない。指示を出すジェイドさんの声もない。わたしに話しかけてくれるメルさんもいない。外と違って、風の音もしないし、鳥のさえずりも聞こえない。一人だとこんなに坑道が静かだと思わなかった。

音楽とはいわないけど、なにか安心感が欲しくなる。なので、わたしは両腕を伸ばすと、くまゆるとくまきゅうを召喚する。召喚されたくまゆるとくまきゅうはわたしに擦《す》り寄ってくる。

これで、寂しくなくなった。

わたしが歩きだすと、左右にいるくまゆるとくまきゅうが一緒に歩いてくれる。なんか嬉《うれ》しいね。くまゆるとくまきゅうを召喚獣としてくれた神様に、これだけは大感謝だ。

くまゆるとくまきゅうと一緒に進み、出てくるマッドゴーレムを全て風魔法で処理していく。でも、本当に復活しているんだね。いつ復活したのかな？

倒してから数時間後に復活するのか、決まった時間に復活するのか。よく分からないけど、これじゃ、坑夫は仕事ができないね。

マッドゴーレムの階層を終え、ロックゴーレムの階層に下りていく。

現れるロックゴーレムはクマパンチで破壊する。その隣ではくまゆるとくまきゅうが出番を欲しそうにしている。

「それじゃ、次はお願いね」

2体のロックゴーレムが現れたので、くまゆるとくまきゅうに任せる。

くまゆるとくまきゅうはそれぞれのロックゴーレムに襲いかかると、本物のクマパンチでロックゴーレムを簡単に倒してしまう。

うん、可愛《かわい》いし、強いし、柔らかいし、温かいし、移動にも便利。一家にクマ一頭だね。そんなクマを2頭も持っているわたしは幸せ者だ。

ロックゴーレムをくまゆるとくまきゅうがあっさりと倒してしまうので、今度はわたしの出番がなくなってしまった。でも、この下り坂を進むとアイアンゴーレムが出る階層になる。そしたら、わたしの出番だ。睡眠を削ってまで会得した魔法を使うときが来た。

坑道を進み、もうすぐアイアンゴーレムに見《まみ》える。

くまゆるとくまきゅうに動かないように指示を出して、わたし一人でアイアンゴーレムに向かう。

さて、上手《うま》くいくかな。

わたしがイメージをすると、黒クマさんパペットに黄色や蒼白《あおじろ》い光がパチパチと音を立てながら纏《まと》わりつく。黒クマさんパペットに纏わりついているのは電撃魔法。鉄には電気が一番だ。

アイアンゴーレムに電撃を流せば、体全体に流れ、体内にある魔石を破壊してくれると考えたのだ。

この世界に電撃魔法があるかは分からない。わたしが前に買った初心者用の魔法の本には書いてなかった。

これは、わたしの想像だけど。この世界には電気の概念はない。あるとしたら、雷ぐらいかもしれない。それだって、どうして雷が起きるかも分かっていないし、雷がどんな性質を持っているのかも分からないはず。だから、この世界には電撃魔法はないのではと考えている。

まあ、あくまでわたしの想像だけど。

そのことを思いついたわたしは、昨夜、クマの転移門を使って宿屋を抜け出して電撃魔法の練習をすることにした。初めは電撃魔法のイメージに悩んだ。ゲームやアニメだと呪文を唱えると空や雨雲から電撃が落ちてくる。でも、この世界の魔法は、あくまで自分の魔力を変化させて放つものである。なにもない空から電撃を落とすことはできない。

だからわたしは、クマさんパペットに電撃を流すことを考えた。

魔力を電撃に変化させるイメージは容易《たやす》かった。すぐにクマさんパペットに電撃が纏わりつき、パチパチと放電させられた。

一応、これで電撃魔法は完成した。でも、クマさんパペットに纏わりついた電撃を飛ばそうとすると、上手に飛ばすことができなかった。

とりあえずは夜も遅かったので、電撃クマパンチが完成したことでよしとした。

そんな特訓の元で完成した電撃を纏った黒クマさんパペットはパチパチと音を立てている。

岩などで練習したけど、魔物相手には試していない。わたしは電撃の威力を確かめるため、電撃クマパンチ弱をアイアンゴーレムに向けて打ち込む。優しく触れるようなパンチだ。

電撃クマパンチ弱を受けたアイアンゴーレムはバチッと大きな音を立てると、動きが止まる。わたしがそのまま軽く押すように力を込めると、アイアンゴーレムは後ろに倒れる。倒れたアイアンゴーレムはそのまま動かない。

足で蹴《け》るが反応はない。どうやら、上手くいったみたいだ。

ちゃんと、アイアンゴーレムの体の中を電流が流れ、魔石を破壊してくれたようだ。わたしはアイアンゴーレムをクマボックスにしまい。次のアイアンゴーレムを求めて先に進むことにした。

157　クマさん、鉱山に潜る　その6　ミスリルゴーレム編

アイアンゴーレムに電撃クマパンチを打ち込むとバチバチと電流が流れ、簡単に倒れていくので、苦労せずに進むことができる。

楽でいいね。

でも、わたしの横では出番がなくなったくまゆるとくまきゅうが手持ちぶさたって感じで歩いている。わたしとしては横を歩いてくれるだけでも嬉《うれ》しいんだけど。

「もしわたしが危なくなったら、助けてね」

戦闘には万が一のこともあるので、くまゆるとくまきゅうにお願いをしておく。くまゆるとくまきゅうはその言葉で気分を良くしたのか、「「くぅ〜ん」」と鳴き、歩みに元気が出る。

まあ、わたしが頼まなくても、くまゆるとくまきゅうなら、わたしがピンチになったら助けてくれるよね。

左右を歩く、くまゆるとくまきゅうの頭を撫《な》でる。いきなり撫でられたくまゆるとくまきゅうは、「なに？」って首を傾《かし》げるけど、気持ちよさそうにする。そんなくまゆるとく

まきゅうを連れて坑道を進む。

くまゆるとくまきゅうが助けに入るほどの危ないことは起きることもなく、途中4体のアイアンゴーレムを倒した。ミスリルゴーレムまでの道のりにいるのは、例の5体のアイアンゴーレムだけとなる。

そのアイアンゴーレムは、昨日バカレンジャーが倒していたけど、探知スキルで確認すると見事に5体とも復活していた。

これって、アイアンゴーレムを倒せるなら、半永久的に鉄が手に入るんじゃない？　とか思ったりしたが、そんなことになれば、多くの人が仕事を失い、路頭に迷うことになる。

5体のアイアンゴーレムがいる空洞にやってくる。わたしは電撃クマパンチを撃ち込み、5体のアイアンゴーレムをサクッと倒す。そして、ミスリルゴーレムを討伐するために、坑道を下っていく。

坑道を下ると、地図が入れ替わり、探知スキルにミスリルゴーレムの反応が現れる。ミスリルゴーレムを倒したら、ゴーレム騒ぎも終わってくれればいいんだけど。

ミスリルゴーレムがいる空洞に出る。坑道の途中まで光の魔石がついていたが、この先は暗くなっていた。わたしは魔法でクマの光を作りだし、空洞を照らす。

昨日、バカレンジャーがミスリルゴーレムと戦ったためか、あっちこっちに戦いの痕跡《こんせき》が残っている。岩肌は崩れ、地面には穴が空き、壁にも魔法の攻撃だと思われる跡が残っている。

あのバカレンジャーとはいえ崩落のことを気にせずに戦ったとは思えないけど。よく、崩落しなかったね。

そんな戦いの跡が残った空間には、ミスリルゴーレムが立っている。わたしの存在に気づいたのか、顔をこちらに向ける。

さて、戦うとしますか。

くまゆるとくまきゅうも一緒に戦おうと前に出ようとするので、下がるように言う。少し寂しそうな声で鳴くが、ミスリルゴーレムとは、わたし一人で戦う。といっても、ここで戦うつもりはないんだけどね。

ここでは強力な魔法も、強力なクマパンチも崩落が怖いから使えない。なら、クマさんチートが出せる場所に移動すればいいだけのこと。

わたしはクマの転移門を出す。そして、扉に触れて門を開く。

クマの転移門とミスリルゴーレムを見比べる。

う〜ん、通れるよね？

横幅は通れると思うけど、高さが微妙だった。通れなかったら、そのときは無理やり押し込むだけだ。

ミスリルゴーレムのほうを見ると、わたしに向かって、ドスンドスンと足音を立てて走ってくる。

思ったよりも速い。ゴーレムは鈍足って決まっていると思うんだけどな。

でも、速いといっても、想像よりもってことだ。黒虎《ブラックタイガー》に比べれば遅い。ゴーレムはわたしに向かって走ってくる。ゴーレムは体が大きいから闘牛を待つ気分だね。

迫ってくるミスリルゴーレムを、わたしは横にステップしてかわす。そして、ゴーレムの背中に回り込んで首のあたりにクマパンチを撃ち込む。首にクマパンチを撃ち込まれたミスリルゴーレムは頭から倒れるようにクマの転移門の中に吸い込まれていく。

ちょっと大きかったけど、なんとかなったね。

わたしは後を追いかけるようにクマの転移門の中に入る。そのあとにくまゆるとくまきゅうも続く。


クマの転移門を抜けた場所は、海岸沿いの開《ひら》けた砂浜だ。

ここはミリーラの町からある程度離れた場所にある。町からは距離も離れているので、人に気づかれることもない。昨夜、電撃魔法の練習をした場所でもある。狭い坑道と違って、十分な広さもあり、見上げれば青空に白い雲が浮かび、天井がなく、壁もない。クマさんチートの力を存分に使える。

わたしは、頭から砂浜に倒れているミスリルゴーレムを見る。

「これで、お互い周りを気にしないで戦えるでしょう」

返事は求めていないけど、ミスリルゴーレムに向かって言う。ミスリルゴーレムはわたしの言葉を理解するかのように立ち上がる。まあ、お互いと言ったが、わたしが一方的に攻撃するんだけどね。

とりあえず、立ち上がったミスリルゴーレムに向かって火炎弾を撃ち込んでみる。直撃するが、なにもなかったように立っている。同様に風魔法、土魔法、氷魔法と放つが効かない。

想像はしていたけど、ミスリルの体って反則じゃない？

おまえが言うなって言葉が飛んできそうだけど、ミスリルゴーレム相手には、言わずにいられない。

なら、これはどうかな。

「ベアーカッター」

クマの爪をイメージして、風のクマ魔法を放つ。衝撃でミスリルゴーレムは後方に吹き飛ぶが、ダメージはなさそうだ。いや、ミスリルゴーレムの体を見ると、胸のところに3本の線がある。傷程度は付けることができたらしい。同じ場所に無数に撃ち込めば倒せるかな。

わたしは確認のため、次のクマ魔法を使ってみる。クマさんパペットからクマの炎が浮かび上がる。熔《と》けないと思うけど、様子見でクマの炎を一発放ってみる。

ミスリルゴーレムは手でクマの炎を受け止める。

普通の魔物なら、クマの炎を受け止めることもできずに倒せるんだけど。

クマの炎を受け止めたミスリルゴーレムの手は炎に包まれるが、すぐに炎は消える。

やっぱり、ダメ？

でも、よく見ると、少しだけ、熔けている？

無数のクマの炎を放てば倒せるかもしれないが面倒くさそうだ。

最後に、昨日覚えた電撃魔法を試してみる。

クマさんパペットに電撃を集め、ミスリルゴーレムに電撃クマパンチ強を撃ち込む。ミスリルゴーレムはクマパンチの衝撃で後方に飛んでいくが、電撃は効いていないみたいだ。

う〜ん、これはダメか。

新魔法だったんだけど、ミスリルゴーレムには効かなかった。

でも、思いっきり力を出せるって気分がいいね。ミスリルゴーレムは一方的なサンドバック状態になっている。だけど、ここまで防御力が高いと、破壊不可能オブジェクトに攻撃をしているみたいだ。

電撃クマパンチを喰《く》らったミスリルゴーレムは起き上がる。

もう、十分に実験もしたし、そろそろ終わらせることにする。わたしは黒クマさんパペットに魔力を集めると同時に、ミスリルゴーレムに向かって走る。

そして、ステップを刻みながらミスリルゴーレムに近づく。ミスリルゴーレムが腕を振り下ろしてくるが避《よ》け、懐《ふところ》へと入り込む。そして、風魔法の力を利用して、クマアッパーを打つ。

風魔法を利用して放たれたクマアッパーはミスリルゴーレムを空高く飛ばす。ミスリルゴーレムは上空に舞い上がる。

飛び上がった高さ、およそ1000メートル。って、適当に言ってみる。飛び上がったミスリルゴーレムまでの距離なんて、見ただけで分かるわけがない。実際はその半分も飛んでいないかもしれない。

あの飛行機、上空何メートル飛んでるねとか、あの高層マンションは何百メートルの高さはあるねとか、見ただけで高さが分かる特殊能力は持ち合わせていない。

まあ、分かることは、あの高さから落ちたら、壊れないものはないだろう。

たとえミスリルゴーレムでも、高さに加え、重量、落下速度などを考えれば、ただじゃすまないはず。

さらに、落下するミスリルゴーレムは錐揉《きりも》みしながら落ちてきている。

クマアッパーに回転を入れたせいかな。

ミスリルゴーレムは大きな音をたてて地面に落ちた。地震が起きたような衝撃が地面に走る。回転しながら落ちたミスリルゴーレムによって、砂浜は渦を巻いている。流石《さすが》に倒せたよね。

そう思ったけど、ミスリルゴーレムは立ち上がろうとしていた。

あの高さから落ちてもまだ動けるって、どんだけ硬いの？　衝撃だけで体の中にある魔石が壊れそうなものなんだけど。

それでも、立ち上がったミスリルゴーレムは酷《ひど》い状態だ。片腕は取れ、首も曲がっている。さらに落ちた衝撃のため、体の中央にひびが入り、隙間から魔石が見える。

あの魔石を壊せば終了かな。

わたしは動きが鈍くなったミスリルゴーレムに向かって走り、魔石が見えるひび割れた場所に向けて電撃を纏《まと》ったクマパンチを撃ち込む。ひび割れた隙間から、電撃が入り込み、体の中にある魔石を破壊する。魔石を破壊されたミスリルゴーレムは完全に沈黙する。

討伐完了だ。

これで、鉱山のゴーレムの出現が止まればいいんけど。

戦いを終えたわたしに、くまゆるとくまきゅうが近寄ってくる。

「終わったよ」

頭を撫でて、崩れ落ちたミスリルゴーレムをクマボックスにしまう。

かなり酷い倒し方をしたけど、しかたない。まあ、解体用のナイフや武器になる予定だから、問題はない。

ミスリルゴーレムを回収したわたしはクマの転移門を使って、鉱山の中に戻る。

それから、クマの転移門を片付けると、あたりを見渡す。

ゲームとかだとボス部屋には何かあるんだけど。お宝とかお宝とか。大事なことだから二度言ったよ。

もしくはゴーレムが発生する原因になっているものがあるかもしれない。隠し部屋とか、それらしきものがないかなと思い、壁際を一周してみる。

なにかあると思ったんだけど、なにもない。

しかたないので上の階層に戻ろうとしたとき、くまゆるとくまきゅうが穴を掘っていた。

「どうしたの？」

尋ねながらくまゆるとくまきゅうのところに向かう。くまゆるとくまきゅうが掘っていたのは最初にミスリルゴーレムが立っていた場所だ。そこまで考えが及ばなかった。ミスリルゴーレムがなにかを守っている可能性もあった。くまゆるとくまきゅうの間に入り、穴の中を覗《のぞ》くと、丸い黒い石が2つあった。

「なにこれ？」

掘り当てたくまゆるとくまきゅうに尋ねてみるが、首を傾げるだけだ。

見つけたのはくまゆるとくまきゅうでしょう。どうしてなにも分からないのよ。と、心の中で呟《つぶや》いてみる。

とりあえず、見つけた石を持ち上げてみると拳ほどの大きさだった。石を見てみるが、鍛冶《かじ》屋でもなければ、鉱石マニアでもないわたしには、この石がなんなのか分からない。

でも、こういうときこそ、スキルだよね。わたしはフードを深く被《かぶ》り、クマの観察眼を使う。

クマモナイト

これしか書かれていなかった。

それ以前にこの名前はなに？

もしかして、バカにされている？

これ、絶対に、わたしをこの世界に連れてきた神様が付けた名前だよね。こんな石の名前で、この世界に広まっていないよね。そもそも謎の鉱石ってなによ。それに説明文が謎の鉱石って、これじゃ、用途も分からない。

ふと、神様のことを考えていたら、神様から初めてもらったメールを思い出す。

『他にもプレゼントがあるから頑張って探してね』。

もしかして、これがその一つなの？

だからといってクマモナイトってネーミングはどうにかならなかったの？

それに謎の鉱石って、どうやって加工して、なにに使うのよ。ゲームでも、もっとヒントがあるよ。

愚痴を言ってもしかたないので、見つけてくれたくまゆるとくまきゅうにお礼を言って、撫でてあげる。

いったい、今日だけで何回くまゆるとくまきゅうの頭を撫でたかな。まあ、わたしの感謝の気持ちだから、くまゆるとくまきゅうが嫌がらなければ何度でも撫でるけど。撫でられているくまゆるとくまきゅうは嫌がる様子もなく、嬉しそうにしている。

158　クマさん、鉱山から出る

クマモナイト？

分からないことを考えてもしかたない。今のところ分からなくても困ることはないし。変な石を手に入れたわたしは、考えるのをやめて帰ることにする。

上の階層に戻ったら、ゴーレムを確認するために探知スキルを使う。

う〜ん、いるね。

ミスリルゴーレムを倒したら全てのゴーレムが起動停止になる、とかにはならないみたいだ。もしくは、ミスリルゴーレムの存在は関係ない可能性もある。それだと困るんだけど。

とりあえず、面倒だけど、出現しているゴーレムを全て倒すことにする。今回の依頼は鉱山からゴーレムを全て討伐することだ。

でも、一人でやるのは面倒だな。

ジェイドさんたちに手伝ってもらおうかなと考えていると、くまゆるとくまきゅうが擦《す》り寄ってくる。

「手伝ってくれるの？」

「「くぅ〜ん」」と〝任せて〟的な声で鳴く。

「ありがとう。それじゃ、手伝ってもらおうかな」

くまゆるとくまきゅうを抱き締めてお礼を言う。

「アイアンゴーレムはわたしが倒すから、くまゆるとくまきゅうは、ロックゴーレムとマッドゴーレムをお願い。終わったら、入ってきた入り口に集合ね」

くまゆるとくまきゅうは頷《うなず》くと、坑道を走りだす。

「仲良くするんだよ〜」

遠くで「「くぅ〜ん」」と鳴く声が聞こえた。

上の階層はくまゆるとくまきゅうに任せて、わたしはアイアンゴーレムを倒すことにする。この階層はそんなに分かれ道が多くないので、そんなに時間はかからないはず。わたしは探知スキルを使って道順を決めて出発する。

アイアンゴーレムを倒し終えると、くまゆるとくまきゅうを手伝うために、上の階層に向かうが、探知スキルにはゴーレムの反応がなかった。

入り口に戻ってくると、すでにくまゆるとくまきゅうがいた。

うん、早かったね。寄り添うように仲良く座っている。

「お疲れさま、ありがとうね」

くまゆるとくまきゅうに感謝の言葉を伝え、頭を撫《な》でながら送還する。

流石《さすが》にミスリルゴーレム討伐のあとの、坑道の中のゴーレム掃除は疲れた。今日は早く宿屋に帰って寝たいところだ。鉱山から宿屋に向けて歩いていると好奇の目で見られるが、構わずに歩き続ける。

宿屋に戻ると、ジェイドさんたちとバカレンジャーたちがいた。

「ユナ、遅かったな」

「ユナちゃんなら大丈夫だと思ったけど、遅かったから心配したよ」

そりゃ、坑道の中を掃除していたからね。

「ゴーレムを倒していたら遅くなって」

「倒しても明日には復活するから無駄」

セニアさんが身も蓋《ふた》もないことを言う。

「ジェイドさん、そのことでお願いがあるんだけど」

「なんだい？」

「一番奥にいるゴーレム含めて、全てのゴーレムを倒したから、明日、確認をお願いしてもいい？」

「……すまない。なんて言ったんだい？」

「全てのゴーレムを倒したから……」

「……ユナちゃん、冗談だよね？」

「一応、一番奥にいたゴーレムを含めて倒したよ。でも、復活するかしないかは、分からないけど」

それは明日にならないと知ることはできない。

「おい、そこのペット。嘘《うそ》を吐《つ》くんじゃねえ！　俺たちが5人がかりで倒せないゴーレムを、ペットのおまえさんが一人で倒したって言うのか。笑わせるな」

バカレッドがわたしたちの会話を盗み聞きしていたのか、ビールを持ったまま、こちらにやってくる。

わたしはミスリルゴーレムを討伐したあと、坑道の中を掃除するついでに、電撃魔法の強弱の練習をした。

さっそく、その成果を確かめるために、クマさんパペットに電撃魔法弱を纏《まと》い、バカレッドに軽く触る。

「うぎゃ」

バカレッドは変な声を出すと倒れてしまった。

「バーボルド!?」

いきなり倒れたバカレッドに、仲間が駆け寄る。バカレッドの名前を呼ぶが反応がない。気を失っているけど、生きているよね？

う～ん。まだ、少し強かったかな？　もう少し練習が必要みたいだ。

まあ、生きているし、人のことをさんざんペットと言ってバカにしたことだし、これぐらいいいよね。

とりあえず、誤魔化《ごまか》すために、

「酔っぱらって、倒れたんじゃない？」

と言って、バカレッドが持っていたビールが入ったジョッキを指差す。ジョッキからビールがこぼれている。でも、ほとんど飲み終わっていたようで、それほど大きな被害にはなっていない。

「バーボルドがこの程度のお酒で酔うはずは……」

「でも、寝ているし」

全員、わたしがなにかをしたと思っているらしいけど、証拠がないし、そもそもなにをしたのかも分かっていない。

バカレッドの仲間はそれ以上なにも言わずに、巨軀《きょく》のバカレッドを部屋に運んでいく。

わたしは空いている席に座り、女将《おかみ》さんに食事を頼む。

「ユナちゃん。本当になにもしていないの？」

わたしは首を傾《かし》げて意味が分からないよってポーズをとってみる。

「うん、ユナちゃんはなにもしていないよね。バーボルドが酔っぱらって倒れたんだよね」

メルさんが一人で頷いている。

「それでユナ、さっきのことは本当なのか？」

「さっき？」

「一番奥にいたゴーレムの件だ」

「ああ、そのこと。信じるか信じないかは自由だけど、奥にいたゴーレムを含めて全部倒したから、復活しなければ終了だと思うよ」

「本当なのね」

「ってことはユナに先を越されたわけか」

　先を越されたって、倒すつもりはなかったんじゃ？　諦めたって言っていたよね？

「実はね。昨日バーボルドたちと酒の席で意気投合しちゃって。協力して奥にいるゴーレムを倒そうって話になったのよ。国に手柄を持っていかれるくらいなら、報酬を半分に分けようってね」

「それで、明日、討伐に行く予定だったんだ」

「それをわたしが倒しちゃったと」

　そんなこと知らないよ。全員、諦めていたじゃん。

「それにしても、よく倒せたな」

「まあ、いろいろと方法はあるからね」

「う〜、ユナちゃんの戦うところが見たかった」

　一緒にいたら、クマの転移門は使わなかったけどね。

「ユナ、悪いがゴーレムを見せてもらえないか。持っているんだろ」

　う〜ん、近くで見てもミスリルって分からないよね。

　わたしはしかたなく外に出ると、ミスリルゴーレムを取り出す。

「うわぁ、酷《ひど》い」

ボロボロのミスリルゴーレムの姿がある。

「バーボルドたちが倒せなかったゴーレムを、よくこんな酷い状況にまでできたな」

「クマ力《ぢから》、凄《すご》い」

「力が凄いからって、こんな状態にできるのか?」

ジェイドさんがもっと詳しく調べようとしたとき、宿の中から女将さんの声が聞こえる。どうやら、食事ができたらしい。

わたしは女将さんに返事をして、ミスリルゴーレムをしまう。詳しく調べられたくなかったので、ナイスタイミングだ。

いかにも、食事が待ち遠しかったって感じで宿屋の中に戻る。

「でも、ユナがあの奥にいたゴーレムを倒したってことは、鉱山になにかしらの変化があるかもしれないな」

「そうね。なら、明日は確認作業ね」

「どっちにしろ、バーボルドたちと潜る予定だったしな」

食事を終え、部屋に戻ったわたしは、ミスリルゴーレムと戦った場所にクマの転移門を使って、あらためて訪れる。本当は寝たいけど、砂浜に設置したクマの転移門をいつまでも放っておくわけにはいかない。

砂浜は暗闇だった。昨日も思ったけど、夜の海は怖いほど静かだ。波の音だけが聞こえてくる。星の光だけが照らしてくる。

でも、暗闇に隠れて移動するにはちょうどいい。まして、わたしの今の格好は黒！　見た目はクマだけどね。

わたしは砂浜にあるクマの転移門を回収すると、暗殺者のように闇に紛れて、ミリーラの町にあるクマハウスに向かう。

誰にも気づかれずにミリーラのクマハウスに戻ってきたわたしは、クマハウスに設置してあるクマの転移門を使って鉱山の町の宿屋の部屋に戻ってくる。そして、白クマに着替えたわたしは、ベッドにダイブする。

もちろん、安全対策に子熊化したくまゆるとくまきゅうを召喚して眠りに就く。


翌日、ジェイドさんたちとバカレンジャーたちは鉱山に向かった。わたしも誘われたが昨日の疲れがあるからと、嘘を吐いて残ることにした。ちなみに、バカレッドは昨日のことを覚えていなかった。自分も酔っぱらって寝てしまったと思い込んでいるみたいだ。

うん、バカでよかった。

わたしは朝食を終えると部屋に戻り、二度寝をするためベッドに倒れる。昨日は頑張ったから、今日くらいはのんびり過ごすことにする。王都にいるフィナも王都を楽しんでいたようだし、いいよね。

エレローラさんにはフィナをお城見物に連れていってくれるように頼んだ。前回はフローラ様に捕まって、ちゃんとお城の中を見られなかったからね。クマフォンで確認したら、綺麗《きれい》な服を着て、お城に行き、庭園を見たりしたようだ。楽しんでいるみたいでよかった。

シアにも、時間があったら王都見物に連れていってあげてと頼んである。フィナには迷惑をかけたから、楽しんでもらわないとね。

二度寝で少し遅くなった昼食をとっていると、ジェイドさんたちとバカレンジャーたちが戻ってきた。

「早かったね」

スープを飲みながら尋ねる。

「ああ、ゴーレムが一体もいなかったからな。だから、坑道の中を歩いただけで帰ってきた」

「信じられない。あれだけいたゴーレムが一体もいないなんて」

あのミスリルゴーレムのせいか、クマモナイトのせいか、理由はよく分からないけど、どうやらゴーレムは復活していないみたいだ。

「本当にこのペットが一人であのゴーレムを倒したのか?」

バカレッドがわたしを見る。人をペット呼ばわりしないでほしい。もう一度、電撃でも喰《く》らわせてあげようかな。

「おまえも、あの部屋にゴーレムがいなかったことは確認しただろう」

「だからといって、俺たち5人がかりでも倒せなかったゴーレムを、このペットが本当に一人で倒したと思うのか」

「何度もユナのことは説明しただろう」

「タイガーウルフ、ブラックバイパー、ゴブリンキングを1人で討伐した、だろ。信じられるわけがない」

「まあ、普通は信じられないよね」

バカレッドの言葉にメルさんが賛同する。周りを見ると、メルさんだけじゃなく、全員が頷いている。

「でも、昨日、ユナが一人で鉱山に向かい、結果、ゴーレムが消えたんだ。事実を受け止めるしかないだろう」

「そうだが……」

バカレッドはふてくされながら椅子に座る。

信用されないのも、クマの格好のせいだよね。わたしはジェイドさんに尋ねる。

「それで、これで依頼完了でいいの？」

なら、フィナも待っているから、すぐにでも帰るけど。

「とりあえず、鉱山の責任者に報告だな。それから、どうするかの相談だ」

それはそうか、一応鉱山にも責任者はいるよね。存在そのものを忘れていたよ。王都に戻って冒険者ギルドに報告すればいいのかと思っていた。

「ユナ、自分で報告に行くか？」

「面倒なんで、ジェイドさん、お願い」

わたしの言葉に、ジェイドさんはわたしのことをじっと見る。そして、少し考え込むとバカレッドのほうを見る。

「……まあ、そうだな。報告は俺のほうでしておく。バーボルド、おまえも一緒に来い」

おお、頼んでみるものだ。ジェイドさんが引き受けてくれる。男前だ。感謝だね。

「なんで、俺様まで」

「俺たちだけよりも、おまえたちもいたほうが信じてもらえるだろ」

「なら、倒したそのペットを連れていけばいいだろう」

「おまえ、ユナが依頼完了しましたと言ってきたら、信じるのか？」

バカレッドがわたしを見る。そして、ひと言。

「……信じないな」

「だから、おまえも来るんだよ」

「しかたねえな」

なんか、遠回しに悪口言われていない？　気のせいじゃないよね。

まあ、今回は面倒な報告をしてくれるから許すけど。次回はジェイドさんでもクマパンチが飛ぶよ。

ジェイドさんたちとバカレンジャーたちは鉱山の責任者のところに報告に向かう。わたしはその報告待ちとなる。それで帰れるか、帰れないかが決まる。

わたしはジェイドさんたちが戻ってくるまで、部屋で子熊化したくまゆるとくまきゅうを召喚してゴロ寝をする。

ゴロゴロしていると、外が騒がしくなる。窓を開いて外を見ると、ジェイドさんたちとバカレンジャーたちが街の人に囲まれていた。

聞こえてくるのは感謝の声だ。

みんな、ジェイドさんたちとバカレンジャーたちに感謝の言葉を贈っている。ジェイドさんたちは困った顔をしているが、バカレンジャーたちは手を振っている。

なにかあったのかな?

ジェイドさんたちは住民から感謝されながら、宿屋に入ってくる。流石に住人たちは宿屋の中までは入ってこないみたいだ。

何事かと思い、くまゆるとくまきゅうを送還すると、一階の食堂に向かう。

「なにかあったの?」

「ユナか……」

「それがね。わたしたちが鉱山のゴーレムを討伐したことになっちゃっているの」

ジェイドさんたちの説明によると次のとおりだ。

朝イチで、鉱山に向かう9人の姿が目撃される。

9人が無事に戻ってくる。

9人が鉱山の責任者に報告に行く姿が見られる。

鉱山の責任者が9人にお礼を述べている。

鉱山にゴーレムが現れなくなったことが広まる。

うん、話の流れがよく分かるね。

「そんなこんなで、わたしたちがゴーレム討伐したことになっちゃったの。一応否定はしたんだけど」

「このバカが手なんて振るから」

「うるせぇ、みんなが礼を言うから、手を振っただけだろ」

「ユナちゃんが倒したって説明しようとしたんだけど」

「誰も話を聞こうとしない」

「すまない」

ジェイドさんが頭を下げる。

う〜ん、考えてみるけど、わたしにはメリットしかないのでは？

さっきのジェイドさんたちみたいに囲まれたくないし、名声が欲しいわけでもないから、とくに問題はない。でも、ギルドの討伐記録は欲しいかな。そのことを伝えると。

「もちろんだ。そこはちゃんとギルドに報告するよ。バーボルドもいいよな」

「あたりまえだ。他人の手柄の横取りなんて、セコい真似はしない」

「よく言うよ。さっきは手を振っていたくせに」

「あれは、俺様のことを呼んだから手を振っただけだ」

バカレッドは悪気がなさそうに答える。わたしとしても、ジェイドさんたちが倒したということで、問題はない。それにわたしが倒したというよりは、ジェイドさんたちが倒したことにすれば、皆《みんな》も安心すると思う。だから、この状況は大歓迎だ。

これで依頼が終了なら、フィナも待っていることだし、帰ってもいいかな。

そのことを伝えると。

「それなんだが、少しの間、様子を見ることになった」

「……？」

「一日経《た》ってもゴーレムが出現しなかったのは初めてだけど。明日、明後日《あさって》もそうとは分からないでしょう」

「それで、5日間ほど残ることになった」

「えっ」

5日間も……。フィナが待っているのに、そんなにここにいることはできない。

「でも、ユナは帰ってもいいぞ」

その言葉を聞いて安堵《あんど》する。流石にフィナをあと5日間もエレローラさんに預けるわけにはいかない。

「ユナには先に王都に戻ってもらい、冒険者ギルドへの報告を頼みたい」

「でも、もしあのゴーレムが復活したらどうするの？」

「どうもしないさ。その場合は国に任せる。あのゴーレムを倒したとしても、すぐに復活するようだったら、俺たちじゃお手上げさ」

手を上げて見せるジェイドさん。

「うん。それじゃわたしは、明日王都に帰るね」

捕らわれの姫を救いに行こう。

159　クマさん、王都に帰る

くまゆるとくまきゅうを交互に召喚して、乗り換えながら王都へと戻ってきた。その後、くまゆるとくまきゅうを送還し、歩いて王都に入る。門番に変な目で見られたが気にしない。

王都に入るとすれ違う人に「クマだ」と言われるが、クマさんフードを深く被《かぶ》り、速歩きで冒険者ギルドに向かう。

冒険者ギルドに入ると、冒険者の視線が一斉にわたしに集まるが、絡んでくる者はいない。どうやら、先日のサーニャさんの言葉が効いているみたいだ。わたしは空いている受付に行き、ギルドマスターのサーニャさんを呼んでもらう。王都の冒険者ギルドで有名になりつつあるわたしのことに気づいた受付嬢は、すぐにサーニャさんを呼びに行ってくれる。

「ユナちゃん！」

奥のドアが開くとサーニャさんがやってくる。

「ただいま」

クマさんパペットを上げて返事をする。

ここで話をするのかと思ったら、ギルドマスターの部屋に連れていかれる。椅子に座ると職員の一人が飲み物を運んできてくれた。

「それじゃ、話を聞かせてもらえる？」

一番奥にいるゴーレムを倒したら、ゴーレムの発生がなくなったこと。一応、様子見でジェイドさんたちが5日間残ること、などを説明する。

「あとの詳しいことはジェイドさんたちに聞いて」

「分かったわ。これでゴーレムの発生が本当になくなれば、兵士を出されなくて済むわ。助かったわ。ありがとうね」

「まだ分からないけどね」

「そのことだけど、正確な依頼の完了はジェイドたちの報告が来てからになるから、報酬は後日になるけどいい？」

「王都に来ないとダメ？」

「クリモニアに連絡して、あっちで受け取れるようにしておくわ」

「いいの？」

「そのぐらい、いいわよ」

わたしはサーニャさんの言葉に甘えることにする。

「それじゃ、わたしは帰るね」

早く姫（フィナ）を迎えに行かないといけないからね。でも、立ち上がったわたしをサーニャさんが引き止める。

「ねえ、ユナちゃん。クリモニアじゃなくて、王都に住まない？　そうしてくれると嬉《うれ》しいんだけど」

いきなり、そんなことを言い始める。

「今のところ、その予定はないよ」

なんだかんだで、クリモニアの街は住みやすくなっている。好奇の目で見られることもなくなったし、絡んでくる冒険者もいなくなった。それにわたしのお店もあるし、王都に住むメリットはない。むしろ、仕事が増えそうで嫌なんだけど。それに王都にはクマの転移門があるから、いつでも来られるので、わざわざ住む必要もない。

「そう、残念ね」

「でも、たまには遊びに来るよ」

冒険者ギルドへの報告も終わったので、エレローラさんのお屋敷に向かう。お屋敷に着くと綺麗《きれい》な服を着たフィナが走ってきた。

「フィナ、ただいま」

「ユナお姉ちゃん！」

フィナがわたしのお腹《なか》に抱きついてくる。

お腹は大きいから受け止められるよ。ちなみにわたしのお腹が大きいって意味じゃないよ。着ぐるみのお腹が大きいんだよ。

「フィナ、可愛《かわい》い格好をしているね」

フリルがついた綺麗な服を着ている。どこかの令嬢といってもおかしくないぐらい、似合っている。

「可愛いクマさんの格好をしているユナお姉ちゃんに言われたくないです。それにこれは、エレローラ様に無理やり着せられたんです」

可愛いと言われても、わたしの格好とフィナの格好では可愛いのベクトルが全然違う。女の子なら、着ぐるみ姿を可愛いって言われるよりも、綺麗な服を着て可愛いって言われたほうが喜ぶと思う。フィナは頬《ほお》を膨《ふく》らませながら言うから、余計に可愛く見えてしまう。美少女は得だね。

でも、フィナが元気そうでよかった。もしものことがあったら、ティルミナさんに合わす顔がなくなってしまう。

「ユナちゃん、おかえり。鉱山の件は終わったの？」

フィナがやってきた方向から、エレローラさんがやってくる。

「終わりましたよ。あとは様子見ってことで帰ってきたよ」

「お疲れさま。詳しい話は食事のときに聞かせてもらうから、食べていってね」

食事の前にフィナと一緒にお風呂に入ることになった。

「フィナ、わたしがいなかった間、王都で楽しめた？」

フィナの背中を洗いながら尋ねるが、フィナからの反応がない。否定も肯定もしない。

あれ、楽しくなかったのかな？

「うぅ、ユナお姉ちゃんがいない間、大変だったんですよ。エレローラ様とスリリナさんに毎日綺麗な服を着せられるし」

膨れっ面《つら》で答える。

そういえば、クマフォンで聞いたとき、エレローラさんに綺麗な服を着せられたり、お城に行ったら国王に会ったりして、大変だったとか言っていたっけ。てっきり、楽しんでたんだと思っていたんだけど。

「そんなに綺麗な服を着るのは嫌だったの？」

フィナは小さく首を横に振る。

「嫌じゃないけど。汚したりしないか不安でした。あんな高そうな服、弁償なんてできないです」

「エレローラさんは別に服を汚しても弁償しろなんて言わないよ。もし、そんなことを言ったら、エレローラさんを軽蔑するし、そのときはわたしがお金を払ってあげるよ。それにフィナもエレローラさんが弁償しろなんて言う人だとは、思っていないでしょう」

「……はい。とっても優しい人です」

フィナの表情が優しくなる。

「今回は、こんなことになってごめんね」

わたしはフィナの小さな背中を洗いながら謝る。

ミスリルナイフを作りにきたのに、フィナには悪いことをした。

「ユナお姉ちゃんは仕事だったから、悪くないです」

それからフィナはわたしがいなかった間の楽しかったこと、嫌だったこと、国王に会ってお腹が痛くなったことをお風呂に入りながら、くわしく話してくれた。

文句を言っているようだったけど、楽しかったこともあったようでよかった。

「ユナお姉ちゃん、聞いていますか?」

「聞いているよ」

「本当ですか?」

「本当だよ」

「大変だったんですよ」

わたしはいろいろと表情が変わるフィナを優しく抱きしめる。


風呂から上がったわたしたちが食堂に向かうと、エレローラさんと学園から帰ってきていたシアが、もう席に着いていた。

「シア、フィナの面倒を見てくれてありがとうね」

シアには王都見物に連れていってくれるように頼んでいた。

「いえ、フィナちゃんは良い子だから、大変じゃありませんでした」

「そんなことはないです。いろいろと迷惑をかけて」

フィナは否定するが、シアはニコニコと微笑《ほほえ》んでいる。

「それじゃ、簡単でいいから、報告してもらえる？」

わたしは食事をしながら、エレローラさんに鉱山の話をする。

冒険者のジェイドさんたちやバカレンジャーたちの話を中心に、自分のことはなるべく目立たないように説明をする。もちろん、電撃魔法とクマの転移門のことは話さない。

戦い方は曖昧《あいまい》にして誤魔化《ごまか》す。

「奥に謎のゴーレムね」

「倒した翌日には出現しなくなっていたから、大丈夫だと思うけど。残った冒険者が様子を見るって言っていたよ」

「そうね。一日ぐらいじゃ安全宣言は出せないけど、話を聞く限りじゃ大丈夫そうね。ユナちゃん、ありがとうね。国の兵士を動かすのはいろいろと面倒だから、助かったわ」

エレローラさんにお礼を言われる。話を聞いていたシアが興味深そうにわたしに話しかけてくる。

「ユナさん、ゴーレムは強かったですか？」

「強さは分からないけど、坑道の中だから、戦いにくかったね。力を出しすぎると坑道が崩落する恐れがあるし、狭い空間だから、炎系の魔法は使えないし」

「確かに坑道だから、崩れる恐れがありますね。でも、炎の魔法も使えないんですね」

酸素がなければ威力も下がる。そもそも、そんなことになれば息ができなくなる。

「ユナさんは、それをどうやって倒したんですか？」

「それは秘密だよ」

「え～、教えてくださいよ」

電撃魔法やクマの転移門のことは内緒だ。


食事も終わり、報告を終えたわたしが部屋に戻ろうとしたら、エレローラさんに引き止められた。

「ちょっと待って。ユナちゃん、明日《あした》にはクリモニアに帰るのよね？」

「フィナを親御さんのところに帰さないと。心配させてると思うから、帰るよ」

わたしがそう言うとエレローラさんがスリリナさんに合図を送る。合図を受けたスリリナさんは一度部屋から出ていく。

「それじゃ、今のうちに報酬を渡しておくわね」

「報酬？　報酬ならクリモニアの冒険者ギルドで受け取るよ」

「違うわよ。忘れたの？　ミスリルのナイフをあげるって」

確かにそんな約束をしたような。でも、ミスリルゴーレムを手に入れた今だと、無理にもらう必要はないいんだけど。

「今、いらないとか思わなかった？」

エスパーか！　疑うようにエレローラさんが見てくるので、わたしは首を横に振る。

「本当？」

エレローラさんの疑惑をかわすと、スリリナさんが布を抱きしめて戻ってきてエレローラさんに渡す。

受け取ったエレローラさんは包みをテーブルの上に載せ、縛られている紐《ひも》をほどく。すると、布の中から綺麗な装飾を施されたナイフが出てきた。

エレローラさんはナイフを掴《つか》むと、わたしに差し出してくる。

「はい、ユナちゃん」

目の前に差し出されたナイフは凄《すご》く高そうだ。ナイフの柄《つか》や鞘《さや》に精巧な細工がされている。絶対に解体用のナイフじゃないよね。

「この綺麗なナイフは？」

「約束したでしょう。報酬でナイフをプレゼントするって」

「これ、解体用じゃないよね？」

「ええ、違うわね」

「戦闘用でもないよね？」

「違うけど。一応ミスリルだから、切れ味はいいわよ」

エレローラさんは鞘からナイフを抜き出す。刃の部分も綺麗だ。女性が持つ護身用みたいだけど、なにか違うような気がする。もしかして、自決用!?

「いらないです」

「どうして？　報酬よ」

「自決する予定はないので」

「そんなんじゃないわよ。護身用よ」

護身用だったみたいだ。

「でも、護身用といっても、敵と戦うためじゃないわよ」

わたしは首を傾《かし》げる。ナイフなのに敵と戦わないの？

「このナイフにはフォシュローゼ家の紋章が入っているの。ユナちゃんの後ろにはフォシュローゼ家がいることを示しておこうと思ってね。フォシュローゼ家が後ろにいると分かれば、バカなことをしようと思う人はいなくなるでしょう。もし、絡まれるようなことがあれば、このナイフを見せればいいわ。多少のことならナイフを見せれば引き下がると思うわよ。それでも、引き下がらないようなら、わたしに言ってくれればいいからね」

それは便利かもしれない。印籠《いんろう》みたいな効果があるってことになる。クマの着ぐるみのおかげでトラブルに巻き込まれることも多い。

「大手の商人などなら、フォシュローゼ家の紋章のことは知っているから、商業ギルドなどでも効果はあるわよ。もし、商業ギルドとかでトラブルが起きたら、見せるといいわよ。でも、王都以外で使うときは気をつけてね。王都から離れ過ぎると知名度は低くなるから」

もしかして、お店のこととか言っているのかな？

「だから、バンバン使っていいからね」

「使いませんよ」

　無料《ただ》より高い物はないと昔の人は言った。印籠を使いまくって、あとで大きな対価を請求されたら、たまったものではない。

　再度、エレローラさんはナイフを差し出してくる。

「わたしがこのナイフを使って、悪いことをするかもしれないよ」

「うふふ、ユナちゃんは面白いことを言うわね」

　わたしの言葉が面白かったのか、エレローラさんは笑いだす。

「どこの世界に孤児院の面倒をみたり、困っている少年を助けるためにブラックバイパーを倒しに行ったり、トンネルを掘って無償で譲渡したりするような悪い子が、いるのかしら？」

　エレローラさんは腕を伸ばして、わたしのほっぺたを突っつく。

「実際は裏があってなにかを企《たくら》んでいるかもよ」

「それじゃ、一番近くにいる子に聞いてみましょうか？」

　エレローラさんは黙って聞いていたフィナに視線を移す。

「フィナちゃん。ユナちゃんは悪い人かな？」

「ユナお姉ちゃんはとっても優しい人です。もし、ユナお姉ちゃんがいなかったら、わたしもお母さんも死んでました。孤児院の子供たちもあんなに笑顔はなかったと思います。

お父さんの話によればブラックバイパーも無報酬だったって聞いています。ユナお姉ちゃんは優しくて、強くて、悪いことは絶対にしないです」

エレローラさんはうんうんと頷《うなず》いている。

「フィナ、分かったから。もう、なにも言わないで。恥ずかしくなってくるから」

「でも、まだユナお姉ちゃんの良いところ、半分も言ってないよ」

「お願い」

わたしはフィナの口を塞《ふさ》ぐ。

これ以上は恥ずかしくなってくる。引きこもりの、褒められ慣れていない人間が褒められても困ってしまう。わたしは改めて、目の前のナイフを見る。

「受け取ったら、エレローラさんの家来とか言わないよね」

「言わないわよ」

白クマさんパペットの口がナイフを咥《くわ》えると、ナイフはそのままクマボックスの中に吸い込まれていった。

160　クマさん、王都の鍛冶屋に行く

　翌朝、朝食も終わり、屋敷の前でシアとエレローラさんに別れの挨拶《あいさつ》をする。

「ユナさん、次に王都に来るときもうちに来てくださいね。フィナちゃんもいつでも来ていいからね」

「うん、そのときは寄るよ」

「シア様。今回はありがとうございました」

「ユナちゃん、今回はありがとうね。フィナちゃんもまだお城で案内していない場所があるから。今度は邪魔者が入らないように案内をしてあげるからね」

「……はい」

　フィナは困った表情を浮かべながら返事をする。それだけ、国王に嫌なことをされたんだろう。かわいそうに。今度一緒にお城に行くことがあったら、守ってあげないといけないね。

　学園に行くシアとお城に仕事に行くエレローラさんをお屋敷の前で見送る。２人を見送ってから、わたしたちも出発する。向かう先は、この王都にある鍛冶屋のガザルさんの

ところだ。

歩きだすとフィナがクマさんパペットを掴《つか》んでくる。

しばらく離ればなれだったから、寂しかったのかもしれない。だから、させたいようにさせる。そもそも、振りほどく理由はないしね。

「ユナお姉ちゃん、まだ帰らないの？」

クマハウスとは違う方向に歩きだしたわたしに、フィナが尋ねてくる。

「一度、ガザルさんのところに寄ってから帰るつもりだよ」

ガザルさんには聞きたいことがあるし、ミスリルのナイフのこともある。ミスリルゴーレムを倒したから、ミスリルも手に入った。

フィナと手を握ったまま歩いていると、ガザルさんの鍛冶屋に到着する。

「ごめんくださ～い。ガザルさん、いますか～」

店の中に声をかけると、奥からガザルさんがやってくる。

「なんじゃ、誰かと思えば、奇妙な格好をしたおまえさんか」

「おはようございます」

「こんな朝早くから、なんの用だ」

朝早くといっても、世間一般では仕事を始める時間だ。ガザルさんが言うほど、早いわけじゃない。

「鉱山のゴーレムの件が片付いた報告かな。近いうちに鉱山から鉱石が届くようになると思うよ」

「まさか、おまえさんが？」

「手伝い程度にね」

鉱山のことを簡単に説明する。

「ミスリルゴーレムだと。信じられんな。しかも嬢ちゃんが倒したとはな」

まあ、普通に考えたら、そう思うよね。

「それでミスリルゴーレムの素材で、ミスリルのナイフをお願いしようと思ったんだけど。できる？」

「ゴルドの奴《やつ》に頼めばよかろう。同じ街に住んでいるなら、そのほうが何かと便利だろう」

「一応、頼むつもりでいるよ。でも、聞いた話によると、ミスリルの武器を作るには時間がかかるんでしょう？」

「確かに、ミスリルは加工が難しいから時間がかかるな」

「だから、ゴルドさんとガザルさんの２人にお願いしようかと思って」

フィナの解体用のナイフ２本と、わたしの戦闘用のナイフ２本を作ろうと思っている。

「理由は分かった。だが、おまえさんはクリモニアに住んでおるのだろう。作ったとしても、すぐに取りにこれんなら、ゴルドの奴に作らせたほうが手間にならんぞ」

「それは大丈夫。すぐに駆けつける方法があるから」

クマの転移門で簡単にやってくることができる。言わないけどね。

「そうか。おまえさんがいいと言うなら、わしは何も言わん」

「ありがとう。それじゃ、ミスリルゴーレムを出すね」

わたしはクマボックスから、崩れたミスリルゴーレムを取り出し、店の通路に置く。通路にギリギリだ。

「これがミスリルゴーレムか？」

ガザルさんは崩れているミスリルゴーレムに近寄って確認する。腕や体を手に持って覗《のぞ》き込むように見ている。その目付きは真剣だ。ガザルさんはミスリルゴーレムの破壊された断面を見ている。そして予想外の言葉を発する。

「なんじゃ、このハリボテは」

「ハリボテ？」

わたしはガザルさんの言葉に首を傾《かし》げる。

「そうじゃ。これはミスリルゴーレムであって、ミスリルゴーレムではない」

「…………？」

意味が分からないんだけど。ガザルさんは手に持っているミスリルゴーレムのかけらをわたしに見せる。

「ここところ、断面の色が違うじゃろ」

ガザルさんは太い指で断面を指す。その場所を見ると確かに色が違う。

「外側がミスリルで内側が鉄じゃ」

「えっ、本当⁉」

「嘘《うそ》は吐《つ》かん。クリモニアに帰ったらゴルドにも確認をさせればよかろう」

別に嘘を吐いているとは思わなかったけど、まさかミスリルゴーレムの内側の金属が鉄だとは思わなかった。これが事実ならハリボテと言われてもしかたがない。

「でも、一応、ミスリルもあるんだよね」

「よくて全体の、2分の1、もしくは3分の1ってとこじゃな」

もしこれが、神様が用意したミスリルゴーレムだったのなら……神様セコいよ。表はミスリルで中身が鉄って。これって、メッキみたいなもんじゃない。黄金のゴーレムを倒したら、実は金のメッキでした、と言っているようなものだ。詐欺《さぎ》みたいだ。

「それで、おまえさんの解体用のナイフを作ればいいのか？」

「そのつもりだったんだけど、戦闘用のナイフを2本をお願い」

「2本って、おまえさんとそっちの嬢ちゃんの分か？」

「違うよ。2本ともわたしが使うよ。右手用と左手用が欲しい」

セニアさんの戦い方を見てナイフが欲しくなった。両手に持って、アイアンゴーレムを斬る姿はカッコよかった。

「両刀か？」

「うん」

「まあいい。頼まれれば作るだけだ。それじゃ、手を出せ」

わたしは言われたまま手を出す（クマさんパペットを着けたまま）。

「おまえさん、わしをバカにしているのか。おまえさんの手のサイズ、形を知りたいから手を見せろと言ったんじゃ。おまえさんの手に合ったナイフを作るんじゃからな」

「でもわたし、この手袋を着けたままナイフを握るんだけど」

クマさんパペットをパクパクさせてみる。

「とりあえずは、その変な手袋を取って、手を見せてみろ」

わたしは言われるままにクマさんパペットを外し、手を見せる。

「小さい手じゃのう」

ガザルさんがわたしの手のひらを触る。なんだか、手がムズムズしてくる。

「しかも柔らかい。おまえさん、本当にこの手にナイフを握って戦うのか？」

「魔法がメインだけど。一応ね」

「ならいいが。少しは鍛えないと血まめになっても知らんぞ。まあ、手のサイズは分かった。次はその変な手袋をして、もう一度見せてくれ」

わたしはクマさんパペットを装着する。ガザルさんがクマさんパペットの口に手を入れて、わたしの手のひらを確認する。

「いい生地を使っているな」

「そんなことも分かるの？」

「まあ、一応な。大体分かった。それで、急ぎか？」

「別に急いではいないよ。のんびり作ってくれていいよ」

わたしは、おおよその完成日を聞く。その数日後ぐらいに来れば大丈夫かな？

「それで、ミスリルタイプはどのタイプにする？　話を聞く限り魔力型のようじゃが」

「ミスリルのタイプ？」

わたしは、初めて聞く言葉に首を傾げる。

「そんなことも知らずにミスリルの武器を作ろうとしていたのか？」

そんなことを言われても知らないものはしかたない。ゲーム時代、ミスリル武器にタイプなんてなかった。そんな無知なわたしにガザルさんは説明をしてくれる。

「まず、純粋にミスリルの力を引き出し、切れ味に特化したもの。これがミスリル特化型。主に魔法を使えない者が使う。次にミスリルに魔法薬を混ぜて、魔力を付加させたものが、ミスリル魔力型じゃな。こっちは魔法を使える者が使う。魔力型は他の物質を混ぜるため強度は低くなるが、魔力を付加させることで硬くなる」

「えーと、魔力って大なり小なり、みんな持っているよね」

そうじゃないと、光の魔石に光を灯したり、水の魔石から水を出したりすることができない。

「ある程度の魔法を使える者でないと、魔力型を使いこなすことはできん」

要するに、魔力が大きくないと魔力型は使えないってことだよね。

「なんとなく分かったけど、結局のところどっちがいいの？」

「使い手次第じゃな。ミスリル特化型とミスリル魔力型が普通に打ち合えば、特化型が勝つ。でも、ミスリル魔力型に魔力を込めれば、魔法の使い手によって威力が変わってくる。魔法が使えない、魔力が弱いなら特化型。魔力に自信があるなら魔力型じゃ」

ガザルさんは詳しく説明してくれた。でも、そんな区別があるんだね。それなら、どっちにするかは決まっている。

「魔力型のミスリルナイフをお願い」

「それじゃ、ナイフ2本分のミスリルをもらうぞ」

ガザルさんはミスリルゴーレムの一部を取っていく。一部とはいえ、重いはずなんだけど、軽々と運んでいく。流石《さすが》はドワーフなのかな？

「余ったら返す」

「それで、代金はどのくらい？」

「そうじゃのう。ミスリルは持ち込みだから、このぐらいじゃな」

相場は分からないけど、ガザルさんが騙《だま》すような真似をするとは思わないので了承する。

「代金はナイフと交換でいい」

「じゃあ、次に来たとき払うね」

料金の話も終わり、わたしはアイアンゴーレムのことを思い出す。

「そうだ。お土産があるんだけど、いる？」

わたしは残ったミスリルゴーレムをクマボックスにしまい、クマボックスから、電撃クマパンチで倒したアイアンゴーレムを取り出す。通路にアイアンゴーレムが立つ。

「なんじゃ」

アイアンゴーレムを見たガザルさんが驚く。まあ、無傷のアイアンゴーレムが出てくれば驚くか。

「アイアンゴーレムだけど。鍛冶屋のインテリアにどうかなと思って。入り口に立っていると、いかにも鍛冶屋って感じにならない？」

「客が来なくなるわい！」

「いいアイディアだと思ったんだけど。ゴーレムに剣や盾を持たせたりすれば、目立っていい宣伝になると思うんだ」

「どこの門番じゃ」

ガザルさんは呆《あき》れるような表情する。

「それに、そんな高い物を無料《ただ》でもらうわけにはいかん」

「別にいいよ。たくさんあるから」

使い道がほとんどないアイアンゴーレムだ。一体ぐらいプレゼントしても問題はない。

「たくさんあるって、おまえさん、本当に何者なんじゃ。ゴルドの手紙によれば、見た目はあれだが、優秀な冒険者だから手を貸してやってほしいとは書かれていたが」

「一応、ランクCの冒険者だよ」

「ランクC……、それなら、納得か？」

ガザルさんは改めてわたしのクマさんの格好を見て、微妙な顔をしている。

「とりあえず、分かった。そのアイアンゴーレムはミスリルナイフの代金としてもらおう。あと、今後のナイフのメンテナンスは無料でやってやる」

「代金はちゃんと、払うよ」

「いらん。だが、邪魔になったらそいつは処分するからな」

ガザルさんはぶっきらぼうに言う。

「それじゃ、店の隅に置いておくね」

わたしはクマさんパペットに力を入れてアイアンゴーレムを店の隅に移動させる。

「ここなら邪魔にならないでしょう」

振り返ると、フィナとガザルさんが目を丸くして、わたしを見ている。

「どうしたの？」

「ユナお姉ちゃん……」

「おまえさん、あの柔らかい手なのに、凄《すご》い力持ちだな」

ああ、アイアンゴーレムを移動させたから驚いているのか。普通、かよわい乙女《おとめ》がアイアンゴーレムを持ち上げたりしないよね。

「それじゃ、さっそく作るから、完成したら取りに来るんだぞ」

わたしはお店から出ていこうとして、思い出す。

「そうだ。ガザルさん。見てほしいものがあるんだけどいい？」

「なんじゃ？」

わたしはクマボックスからミスリルゴーレムを討伐したときに手に入れたクマモナイトを取り出す。

「この石がなんだか分かる？」

クマモナイトをガザルさんに渡す。受け取ったガザルさんは目を凝らしてクマモナイトを見る。一応、クマモナイトの名前は伏せておく。

もし、この世界にクマモナイトなんて名前の鉱石がなかったら、自分で名前を付けたと思われかねない。ガザルさんはクマモナイトをいろんな方向から見るが首を傾げている。

「わしが知る限りでは見たことがない」

ドワーフのガザルさんも分からない鉱石って。クマモナイトって本当になんなのよ。

「ミスリルゴーレムがいた場所に落ちていたんだけど」

正確には埋まっていたんだけど。

「普通の石ではないことは分かるが、それ以外のことは分からん。わしの師匠なら知っているかもしれないが」

「ガザルさんの師匠？」

「そうじゃ、故郷の街にいるから、すぐに見てもらうことはできんがな」

「ガザルさんの故郷って？」

「鉱山の近くにドワーフが集まっている街がある。そこで師匠に鍛冶の技術を学んだ」

「ドワーフが集まっている街！　そんな街があるの？　遠いの？」

ドワーフの街なんて、どこのファンタジーの話よ。あるなら、是非、行ってみたい。

「遠いな。簡単に行ける距離でないのは確かだ」

「その街の場所って教えてもらえる？」

「行くつもりなのか？」

「いつかは行ってみたいかな」

ドワーフの街も行ってみたいし、エルフの国も行ってみたい。エルフの国ならエルフのサーニャさんに聞けば、場所を教えてもらえるかな？

楽しみがどんどん増えていくね。

「もし本当に行くなら、師匠に紹介状を書いてやるぞ」

「ほんと！　お願い」

「それじゃ、ミスリルのナイフを引き渡すときまでに紹介状も用意しておく」

「ありがとう」

ドワーフの街の情報をゲットだ。

161　クマさん、困っている女の子に声をかける

ガザルさんにナイフを頼んだわたしは、ついでにモリンさんに頼まれた用事を片付けることにする。

「フィナ、まだ寄りたいところがあるんだけど、いい？」

「どこに行くんですか？」

「モリンさんに、王都に行くならお店を見てきてって頼まれてね」

店の外からでいいから、荒らされていないか確認してきてほしいと頼まれた。旦那さんが残した大切なお店だ。将来的に戻ってきたいのかもしれない。もし、王都に戻りたいと言われたら、止めることはせずに送りだすつもりでいる。できれば子供たちも成長して、わたしのお店が大丈夫になっているころだとありがたい。モリンさんも子供たちが成長するまでは、待っててくれると思う。

わたしはモリンさんのお店にやってくる。小さいお店だけど、懐かしい。ここでモリンさんが作ったパンを買い、モリンさんとカリンさんが襲われているところを助けた。あの出会いがなければ2人に会うことも、2人がクリモニアに来ることもなかった。

特に落書きとかもされていないようだ。元の世界だと、シャッターとかにスプレーで落書きがされていることがよくあったからね。

「ユナお姉ちゃん。お店の前に誰かが座っています」

本当だ。お店の前に女の子が膝を抱えて座っている。誰だろう？　もしかしてモリンさんのパンが買えなくて落ち込んでいるとか？　でも、閉店してから、結構時間が経《た》っているよね。

少し気になったので、声をかけることにする。知らないで来ているならかわいそうだ。

「こんなところに座って、どうしたの？」

わたしが声をかけると、薄茶色の髪をした女の子が顔を上げる。わたしと同じぐらいの年の女の子だった。髪は肩より少し長い。

「クマ？」

「お店ならやっていないよ」

クマはスルーして、事実だけを伝える。

「うん、聞いたよ。なにかトラブルがあって、このお店で働いている人はどっかに行っちゃったって」

あの事件を見ていた人がいれば、そう思うか。店の中で暴れられ、その数日後にお店の人が消えてしまった。まして、国王の誕生祭が終わると同時にだ。あの騒ぎの中消えたんだから、噂《うわさ》にもなるよね。

「モリン叔母さん、どこに行ったの。無事なら無事って教えてよ……」

女の子は悲しそうにモリンさんの名を口にすると、頭を下げて膝を抱えてしまう。わたしとフィナは女の子の口から出た名前に驚いて顔を見合わす。

「えっと、モリンさんの知り合いなの？」

本当は軽く声をかけるだけで、立ち去ろうと思っていたけど、モリンさんの名前が出ては、立ち去るわけにはいかない。

「モリン叔母さんのことを知っているの⁉」

わたしの口からモリンさんの名前が出ると、女の子は再び顔を上げて、わたしのことを見る。

「モリン叔母さんがどこにいるか知っているの？　何人かの人に聞いたりしたんだけど、誰も知らないって」

モリンさん、隣近所にクリモニアに行くってこと話してなかったのかな？

「モリンさんと娘のカリンさんは、クリモニアの街で新しいお店を開いているよ」

「それは本当⁉」

女の子は立ち上がるとわたしの肩を力強く摑《つか》む。

「本当だよ。わたしとこの子はクリモニアから来たし、モリンさんとカリンさんとも知り合いだしね」

女の子はわたしの言葉に隣にいるフィナを見る。フィナは「はい、美味《おい》しいパンを食べさせてもらっています」と答える。

「本当だよね。本当なんだよね。ああ、よかった。死んでなかったんだ。お店を荒らされたとか、怖い男たちがモリン叔母さんを捜していたとか聞いたときは、もしかしてと思って」

女の子は腰が抜けたように地面にへたり込む。

確かに部分的に話を聞くと、死んでいてもおかしくはない状況だ。そこにクマさんが助けた情報はないのかな？

「でも、クリモニアの街でお店を開いているんだ。叔父さんが亡くなったときはどうなるかと思ったけど、よかった」

「つまり、あなたはモリンさんの知り合いなの？」

会話からなんとなく分かるけど、尋ねる。

「えっと、モリン叔母さんはお父さんの妹です」

想像はしていたけど、やっぱり親戚だったんだね。

モリンさん、親戚にも自分たちがクリモニアに行ったこと教えていなかったのかな？

モリンさんなら、そのあたりのことはしっかりやってそうだけど。

「えっと、教えてくれてありがとうございます」

女の子はわたしのクマさんパペットを握ると、お礼を述べる。

「でも、クリモニアか。お金足りるかな？」

女の子はお金が入っている巾着を広げて、中身を確認している。

「うぅ、足りないかも。今日泊まる宿代も考えないといけないし。モリン叔母さんのところでお世話になる予定だったから、そんなにお金はないし」

女の子はお財布を見て、悲しい顔をする。

「うぅ、どこかで仕事を探してお金を稼がないと」

「……ユナお姉ちゃん」

フィナが服を引っ張る。分かっているよ。どんな理由でモリンさんに会いに行くか分からないけど、モリンさんの親戚なら放っておくわけにもいかない。もしなにかあったら、モリンさんに合わせる顔がなくなってしまう。

わたしはクマボックスからお金を取り出すと、女の子の前に差し出す。

「……？」

「これを使って」

前にモリンさんとカリンさんに渡した、クリモニア行きの護衛付きの馬車代と同じだけを渡してあげる。

女の子は、お金とわたしを見比べる。

「えっと？」

「これだけあれば、クリモニア行きの馬車に乗れるはずだよ」

女の子はお金をじっと見るだけで、なかなか受け取ろうとしない。わたしは面倒なので、女の子の手を摑《つか》むと、その手の上にお金を載せる。

「待って、知らない女の子にお金をもらうわけには。モリン叔母さんの場所を教えてくれただけでも感謝だよ。それにお金をそんなに簡単に知らない人に渡しちゃダメだよ。お父さんとお母さんに教わらなかった？」

同い年ぐらいなのに子供扱いされているような気がする。

「知らない人ってわけじゃないよ。モリンさんは知り合いだから、モリンさんの親戚のあなたを見捨てることはできないの。もし、見捨てたことを知られたら、モリンさんに合わす顔がなくなっちゃうからね。だから、お金のことは気にしないでいいよ。もし返したいなら、わたしもクリモニアに帰るから、後で返してくれたらいいから」

女の子は考えて、手に持ったお金を握りしめる。

「ありがとう。お金は必ず返すね。家の場所を教えてくれる？」

「モリンさんのところに行けば、また会えると思うから。モリンさんは『くまさんの憩いの店』ってパン屋さんで働いているから、忘れないでね」

「せめて、あなたの名前を教えてくれる？」

「わたしはユナ。モリンさんに聞けばわたしのことは分かるよ」

「わたしはネリン。ユナちゃん、ありがとうね。お金は必ず返すから」

わたしとフィナはモリンさんの姪《めい》のネリンと別れる。

それにしても、お店の前でモリンさんの親戚に会うとは思わなかった。もしかしたら、お店で働くことになるのかもしれない。

「ユナお姉ちゃん。なんで、モリンさんがユナお姉ちゃんのお店で働いているって、言わなかったの？」

「そのほうが面白いかなと思って」

「ユナお姉ちゃん、意地悪です」

それに自分の店というよりはモリンさんのお店って心の中では思っている。だからなのかもしれない。


ネリンと別れたわたしたちは屋台で食事をして、クリモニアに帰ってきた。

「やっと戻ってこられた」

久しぶりの我が家、クリモニアのクマハウス本宅に帰ってくる。日帰りのつもりだったのに、数日もかかるとは思いもしなかった。ゲームイベントと思えばなんてことはないけど、予想外の大仕事だった。

でもミスリルを手に入れることができたから満足だ。その分、フィナには迷惑をかけたけど。

「ユナお姉ちゃん、今日はどうするの？」

帰りに王都の露店で買い食いをしてから戻ってきたので、時間的にお昼を少し過ぎたぐらいだ。

「フィナも疲れたでしょう。家まで送るから、今日は休むといいよ」

10歳の女の子が数日間外泊したんだから、疲れているはず。それに、わたしも休みたい。

「ユナお姉ちゃん。家ぐらい、一人で帰れるから大丈夫だよ」

わたしは家まで送ろうとしたが断られた。

「でも、ティルミナさんにちゃんと挨拶《あいさつ》をしないと」

「大丈夫です。お母さんも分かっていますから」

「そう？　それじゃ、明日《あした》の朝、シュリと一緒に家に来て」

「シュリとですか？」

首を傾《かし》げるフィナ。変なこと言ったかな？

「うん、２人で来て」

「分かりました。それじゃ、明日の朝、シュリと来ますね」

「ティルミナさんによろしく伝えてね」

フィナは頷《うなず》く。

「ユナお姉ちゃん。今回はいろいろ大変だったけど。王都に連れていってくれてありがとうございました。国王様に出会ったのは生きた心地がしなかったけど、楽しかったです」

「喜んでくれたならいいよ」

「国王様に会うのは少し嫌だけど、今度はシュリと一緒にお城の庭園を見てみたいです」

「いつかみんなで行こうね」

「はい」

フィナは返事をするとクマハウスから出ていく。

一人になったわたしは今日は外出をしないで、部屋でくまゆるとくまきゅうとまったりと過ごすことにする。

162　クマさん、フィナさんに叱られる

クリモニアに戻ってきた翌日、フィナがシュリを連れてクマハウスにやってくる。ちゃんと、約束を守る偉い子だ。

「ユナお姉ちゃん、おはようございます」

「おはよう、ユナ姉ちゃん」

姉妹仲良く挨拶《あいさつ》をしてくれる。

「2人ともおはよう。それじゃ、行こうか」

返事をしてから、2人を連れてクマハウスを出る。

「ティルミナさんに怒られなかった？」

昨日、一人で帰したことが気がかりで、つい聞いてしまう。

「はい、大丈夫です。ユナお姉ちゃんと一緒だったから、心配もしてませんでした」

信用されて嬉《うれ》しいような、親としてそれでいいのかとつっこんだほうがいいような。反応に困る。

「ユナ姉ちゃん、今日はどこに行くの？」

シュリがフィナの手とわたしのクマさんパペットを握りながら尋ねてくる。

「ゴルドさんのところにナイフを作りに行くんだよ」

「ナイフを作りに？」

シュリは小さく首を傾《かし》げる。そういえば説明していなかったね。

「こないだ、フィナと一緒にお出かけして、ミスリルって鉱石を手に入れたから。その鉱石でゴルドさんにナイフを作ってもらうんだよ」

小さなシュリに分かりやすいように説明をしてあげる。

「でも、どうしてわたしも？」

「それはシュリの小さな手に合う解体用のナイフを作るためだよ」

シュリの小さな手を摑《つか》んでみる。本当に小さな手だ。

「ナイフなら、前にユナ姉ちゃんにもらったよ」

「あのナイフとは違うナイフだよ」

「違うナイフ？」

シュリは再度、首を傾げる。

まあ、７歳の子供に鉱石の種類を言っても分からないだろう。

「あのナイフよりも切れるナイフだよ」

最近ではシュリはいろいろなことに興味を持ち始めている。フィナがクマハウスで魔物や動物の解体作業をすると、一緒に付いてきて、解体を見たり、手伝ったりしている。

お店に行けば、モリンさんやアンズが作るパンや料理にも興味を持ち、キッチンに顔を出したりもしている。さらに勉強もして、ティルミナさんのお手伝いもしているし、孤児院の鳥のお世話の仕事もしている。

いろいろと興味を持つお年頃なのだろう。

だからこの前、フィナの解体作業を見ていたシュリに、一度も使っていないわたしの解体用のナイフをプレゼントした。7歳の女の子に解体用ナイフなんてどうかとも思ったけど、ティルミナさんもゲンツさんもなにも言わなかった。日本なら子供にナイフなんて持たせたら怒られるけど、この世界だと子供でも必要なら許されるみたいだ。

ちなみに常時持ち歩かせるのは危険なので、ナイフはクマハウスの倉庫に置いてある。フィナの解体のお手伝いをするときだけ、使用させている。

シュリが今後どのような道に進むか分からないけど、もしかすると父親のゲンツさんみたいにギルドに就職して、魔物の解体をするかもしれない。それなら、解体する技術を身に付けることは悪いことじゃない。

わたしは解体用のミスリルナイフを作っても使わないし。それなら、少しでも使うシュリ用のナイフを作ったほうが役に立つ。

「ユナお姉ちゃん。もしかして、シュリのミスリルナイフも作るんですか!?」

「そうだけど。昨日、言わなかったっけ？」

「シュリと2人で家に来てとしか言っていないです」

「そうだっけ？」

「そうです！」

フィナはわたしの言葉を聞くと、頬《ほお》を膨《ふく》らませながら怒り始めた。

「ユナお姉ちゃん！　おかしいです！　ユナお姉ちゃんの頭はどうなっているんですか！」

「なに、どうして怒っているの？」

フィナがいきなり大きな声を出すなんて珍しい。まして、怒るなんて。

「ミスリルナイフがどれだけ高いか分かっているんですか？　わたしだってもらっていいのか不安になっているというのに。それをシュリの分まで作るなんて、信じられないです！」

怒っているっていうよりも、説教に近い。シュリはそんな姉を見てオロオロしている。

「えーと、フィナさん？　そんなに怒ることなのかな？」

今のフィナを見ていると、なぜか『さん』付けで呼んでしまう。

「ミスリルナイフ一本で、お母さんのお給金の何か月分だと思っているんですか！」

フィナの説教は止まらない。

こないだまでミスリルが存在することを知らなかったし、ミスリルの価値なんて、高いことぐらいしか分からない。それにわたし異世界人だよ。異世界人には難しい質問だよ。

でも、そんなことは言えるはずもなく、適当に答えてみる。

「え～と、3か月分ぐらいかな？」

全然関係ないけど、日本の婚約指輪は給料の3か月分という話を思い出して、そんなことを言ってしまった。

「違います！　そんな安いわけないでしょう！」

また、怒られた。人通りのある道で10歳の少女に怒られるわたしって。

「以前から思っていたんだけど。ユナお姉ちゃんの金銭感覚はおかしいです！」

「ごめんなさい」

話が変な方向にずれていく。でも、今のフィナに指摘することはできない。それに思い当たる節もあるから反論もできない。だから、今は黙ってフィナの説教を聞くしかない。

最終的にフィナから聞かされたミスリルナイフの金額は、ティルミナさんのお給金の数倍どころではなかったことには驚いた。

ティルミナさんのお給金、そんなに少なかったんだね。今度、ティルミナさんのお給金を上げないとダメだね。でも、今はそんな話ではない。

「ユナお姉ちゃんはもう少し考えてから行動してください」

「ゴメン」

反論するとさらに怒られそうだったので、素直に謝った。すると、腕を引っ張られる。腕を見るとシュリが引っ張っていた。

「ユナ姉ちゃん。わたし、ナイフいらないよ」

姉の剣幕に怯《おび》えたシュリはミスリルナイフを断ってくる。

「そうだね。あげるとお姉ちゃんに怒られるから、貸すことにするよ」

シュリの頭を撫《な》でる。

「ユナお姉ちゃん！」

「貸すぐらいならいいでしょう。必要なときがあれば使えばいいし、使わないときは倉庫に置いておけばいいし」

「でも……」

それでも、納得がいかなそうにするフィナ。

「使うのはフィナがいるときだけにさせるから。それにフィナも少しは考えてみて、わたしが解体用のミスリルナイフを持っていても使うと思う？」

少し胸を張って言ってみる。

今まで、解体にチャレンジしようと思ったことはある。でも、解体することができなかった。戦闘で魔物や動物を切ることは経験しているから、ウルフのお腹《なか》を切ることはできる。でも、切り裂いたあとの、生暖かいお腹に手を入れることができなかった。

切り開いたお腹に手を入れるのは、日本の都会で育った現代っ子にはレベルが高い作業だった。こればかりはゲームの世界でも経験を積んでいない。倒せば、解体作業せずともアイテムボックスに入っていた。

「ユナお姉ちゃん。冒険者だよね？」

はい、冒険者です。フィナが呆《あき》れたようにわたしを見る。でも、できないものはできないんです。そんなわたしが解体用のミスリルナイフを持っても、〝クマ《ブタ》に真珠〟だ。スキルに解体術でもあればいいのに。触れると、勝手に解体してくれるとか。ない物ねだりはしてもしかたない。わたしがしょんぼりしていると、フィナが笑いだす。

「もう、ユナお姉ちゃん。そんなに落ち込まないでください」

「フィナ？」

「ユナお姉ちゃんが解体できるようになったら、わたしが困ります。わたしがユナお姉ちゃんのお手伝いをできるのは解体だけなので。それにユナお姉ちゃんが解体できていたら、たぶん、こんなふうに一緒にいなかったと思うから」

フィナが摑んでいるクマさんパペットに力が入る。そして、下を見て、一瞬悲しい顔をする。

「…………」

「ユナお姉ちゃんと初めて出会ったとき、ユナお姉ちゃんが解体ができなくて、わたしは解体ができたから、今があると思う。だから、ユナお姉ちゃんは解体ができなくていいです。わたしがするから」

顔を上げて言う。その顔は冗談とかでなく、素直なフィナの気持ちを表していた。

「フィナ……」

「わたしも手伝う」

シュリがわたしのクマさんパペットとフィナの手を握りながら宣言した。もしかして、わたしが解体できるようになったら、見捨てられると思っているのかもしれない。そんなことするわけがないのに。わたしは2人がクマさんパペットを握っているので、抱き寄せるようにして、2人を胸に抱え込む。

「それじゃ今度、ドラゴンでも倒してくるから、そのときはお願いね」

「うん、頑張って解体しますよ」

「頑張るよ」

わたしの冗談をフィナも冗談で返す。シュリは本気かもしれないけど。

そんなフィナとシュリの頭を撫でる。

可愛《かわい》い姉妹だね。

「でも、金銭感覚は直してくださいね」

「善処します」

全員に笑みがこぼれた。

163　クマさん、解体用のナイフを作りに行く

手を繋《つな》いだフィナとシュリと一緒にゴルドさんの鍛冶《かじ》屋さんに到着する。

「ごめんくださ〜い」

と言って返事を待たずに店の中に入る。店の中にいるのは、いつもどおりネルトさんだと思ったら違った。店内には不機嫌そうな顔で、売り物の剣を磨いているゴルドさんがいた。

「ゴルドさん？」

「おお、フィナとシュリ。それからクマの嬢ちゃんか」

フィナたちの顔を見ると不機嫌そうだった顔が孫の顔を見るお爺《じい》ちゃんのようになる。

「ゴルドさんが店番をしているのは珍しいね」

珍しい以前に初めて見るかもしれない。

「仕事もせずに寝てばかりいたらネルトの奴《やつ》に蹴《け》られてな。渋々、こうやって店の物を磨いているんじゃよ」

「そのネルトさんは？」

「近所の知り合いと出かけておるよ。それで、なんの用じゃ、王都に出かけたんじゃなかったのか？」

「ガザルさんに会ってきましたよ。紹介状ありがとうございました」

ネルトさんには紹介状をもらったときにお礼を言ったけど、紹介状を書いてくれたゴルドさんにはまだ言ってなかった。

「戻ってくるの早くないか？　ああ、おまえさんには召喚獣のクマがいたな」

一人で疑問に思って、一人で勝手に答えを導く。クマの転移門で移動したけど、ゴルドさんのその答えを否定はしない。

でも、ゴルドさんにくまゆるとくまきゅうのことを見せたことはないけど、知っていたみたいだ。まあ、クリモニアじゃ隠したりしてないから、ゴルドさんが知っていてもおかしくはない。

「それで、ガザルは元気にしていたか？」

「元気でしたよ」

「そうか、あいつともしばらく会ってないな。今度、ネルトと会いにいくかな」

自分の長い顎鬚《あごひげ》を触りながら懐かしそうに言う。

「それで、ミスリルナイフは手に入ったのか？」

「まあ、いろいろと苦労はあったけど、ミスリル鉱石は手に入りましたよ。それでゴルドさんにフィナたちの解体用のミスリルナイフを作ってもらおうと思って」

「ガザルの奴に作ってもらわなかったのか？」

「ガザルさんにはわたしの戦闘用のナイフを頼んだよ。でも、フィナたちのナイフはメンテのことも考えて、ゴルドさんにお願いしようと思って。ゴルドさんも他人が作ったナイフをメンテするのは嫌でしょう」

「そんなことはないぞ。他人が作った刃物を見るのは勉強になる。他人の良いところを受け入れて技術を磨かないと、成長しないからな」

なにかカッコいい。本物の職人って感じだ。

「でも、本当に嬢ちゃんたちにミスリルナイフを作るのか？　クマの嬢ちゃんはミスリルの価値を知っておるのか？」

「知っているつもりだけど」

ここに来る間にフィナに教えてもらいました。

「分かっておるならいい。それでフィナ嬢ちゃんのナイフを作ればいいんだな」

「あと、シュリの分もお願い」

「……。もう一度聞くが、本当にミスリルの価値を分かっているのじゃよな？」

目を細めてわたしを見る。

「分かってますよ」

やっぱり、子供に与えるものじゃないんだね。

「シュリのナイフは必要なときに貸す感じにするつもりだよ」

「そうか。それでクマの嬢ちゃんの解体用のナイフはいいのか？」

「作っても使わないからね」

「嬢ちゃんは冒険者じゃったよな？」

やっぱり、みんな思うことは同じだね。冒険者は解体ぐらいできないとダメなのかな。

まあ、クマボックスはあるし、解体職人のフィナがいるから、今後も解体をするつもりはない。

「それで、ミスリル鉱石はどのくらいあるんだ？」

「鉱石っていうか。ゴーレムなんだけど」

わたしはクマボックスから半壊したミスリルゴーレムを出す。

「これ、全部ミスリルなのか？」

「ガザルさんが言うにはハリボテみたいだよ」

「ハリボテ？」

わたしはガザルさんに言われたことを、そのまま説明する。ゴルドさんはわたしの説明を聞くと、ミスリルゴーレムに近寄って、ゴーレムの一部を手にする。

「ガザルの奴も面白いことを言うな。鉄とミスリルの合板か。ミスリルゴーレムを見るのも初めてだが、こんなゴーレムを見るのも聞くのも初めてだ」

ハリボテのゴーレムはゴルドさんも聞いたことがないんだ。

「でも、十分なミスリルの量だな。ない部分はガザルが取ったのか？」

ミスリルゴーレムの一部はガザルさんがわたしのナイフを作るために取っていった。

「それじゃ、わしもナイフの材料の分をもらうぞ」

ゴルドさんはミスリルゴーレムの一部を取り上げる。ドワーフは力持ちだね。

「それで、いつまでに必要だ」

「特に急いでないけど。フィナのほうを先に作ってほしいかな」

別に黒虎《ブラックタイガー》の解体は急いでいない。解体できたらいいな程度だ。

「分かった。とりあえずフィナのナイフは3日後までに終わらせておく」

「了解。それで代金なんだけど、どのくらい？」

ガザルさんが作ってくれる戦闘用のナイフとは値段は違うと思っていたけど、わたしが予想していない返答だった。

「知らん。そのあたりはネルトに任せている」

このドワーフ、ダメだ。ガザルさんも職人気質《かたぎ》ではあったけど、そのへんはしっかりしていた。でも、ゴルドさんは作ることしかできない職人みたいだ。

だから、いつも店内ではネルトさんしか見かけなかったんだね。

「えーと、それじゃどうしたら？」

「ネルトに聞いてくれ！」

これって店番になっているのかな？

それから、フィナとシュリのナイフを作るために、ゴルドさんは2人の手を見たり、握るグリップはどの素材にするかと話し合ったりしていた。わたしには分からない話だ。それはシュリも同様のようで、ナイフのことはフィナに任せて、黙って話を聞いている。

わたしが店内にある武器を見ていると、お店の中に誰かが入ってくる。

「あれ、ユナちゃんかい？」

入ってきたのはネルトさんだった。

「ネルトさん？　よかった。ネルトさんに聞きたいことがあるんだけど」

「なんだい？」

わたしはミスリルを手に入れたことと、フィナとシュリのナイフを注文しに来たこと、奥でフィナたちが話し合っていることを話す。

「だけど、ゴルドさんが値段のことが分からなくって」

「それはすまなかったね。店にある売り物ぐらいなら、うちの亭主でも販売はできるんだけど、新規のものとなると、亭主に判断は無理だからね。なのに、金額も決めないでバカ亭主は受けてしまったんだね」

呆《あき》れるようにネルトさんはため息を吐《つ》く。

「そのあたりはゴルドさんとネルトさんを信用しているから」

「そう言ってもらえると嬉《うれ》しいね。それじゃ、少しまけさせてもらうよ」

「いいの？」

「ああ、あの亭主に仕事を与えてくれたお礼さ」

確かに、あの手の職人には仕事を与えないとダメだね。

「あと、ネルトさんにお土産があるんだけど」

「お土産？」

「ミスリルを手に入れるとき、一緒に手に入れたんだけど。飾ってもらえると嬉しいかな」

わたしはお店の邪魔にならないところにアイアンゴーレムを出す。ネルトさんは驚きの表情をすると、アイアンゴーレムに近づいて触る。

「動かないんだよね」

「動かないよ」

「どこにも傷が付いていない。こんなに状態が良いアイアンゴーレムは初めて見たよ。まさか、これをお土産でくれるって言うのかい？　これだけの鉄を売ればいくらになるか分かっているのかい？」

「武器や盾を持たせてお店に飾ってほしいかな」

「確かに、こんな綺麗《きれい》な状態のアイアンゴーレムを熔《と》かすのはもったいないね。でも、武器を持たせるには腕が曲がらないね」

ネルトさんはポンポンとアイアンゴーレムを叩《たた》きながら言う。アイアンゴーレムのポーズは倒したときのままになっている。

「これは一度腕を外して、接続部分を可動できるようにすれば、大丈夫そうだね」

流石《さすが》職人の奥さんだ。でも、そんなことができるなら、残っているゴーレムも改造してもらおうかな。そしたら、いろいろなポーズができる。

ネルトさんはアイアンゴーレムを受け取ってくれ、武器や盾などを待たせて飾ってくれることを約束してくれた。そして、ガザルさん同様にミスリルナイフの代金が無料となった。

「ミスリルの材料も持ち込みだからね。あとは亭主の技術料だけだから、なにも問題はないよ」

その技術こそお金で買えないと思うんだけど。でも、せっかくの好意なので、わたしはネルトさんに甘えることにした。

ネルトさんと話していると、フィナたちの用事も終わったみたいだ。

「それじゃ、お願いします」

「お願いします」

フィナとシュリはゴルドさんに頭を下げる。

「終わった?」

「はい。いいものができあがりそうです」

嬉しそうにするフィナ。

「いいナイフができるといいね」

「はい」

わたしたちはネルトさんとゴルドさんに挨拶《あいさつ》をしてお店を出た。

164　クマさん、ブリッツたちと再会する

ゴルドさんの店を後にしたわたしはティルミナさんのところに向かう。許可をもらったとはいえ、フィナを数日の間外泊させたことを謝りに行く。フィナには必要ないと言われたけど、やっぱりそこはきちんとしておかないと。

「ユナちゃんになら、いつでも貸し出すから、自由に連れ回していいわよ」

謝ったら、そんな答えが返ってきた。娘をそのように扱っていいのかと。でも、突っ込みはしない。ここは素直に受け取っておく。

「それじゃ、これからもお借りしますね」

と返答しておく。その会話を聞いていたフィナは「お母さん！」と叫んでいる。微笑《ほほえ》ましい光景だ。

「そういえば、アンズちゃんから伝言を預かっているわよ」

「アンズから？」

「なんでも、ユナちゃんの知り合いが店に来たから伝えてほしいって」

「……知り合い？　誰か聞いていますか？」

「さあ。わたしはそれしか聞いていないから、ちょっと分からないわね」

わたしの知り合いが訪ねてきたって。いったい誰だろう。

チーズのお爺《じい》ちゃん？　ジャガイモのザモールさん？　でも、2人が来るならモリンさんの店だし、それならティルミナさんも知っているはずだ。考えるけど思い当たる節がない。

考えても分からないので、フィナたちと別れ、アンズのお店に向かう。

前方にアンズのお店が見えてくる。お店の前には魚料理店と分かるように、クマが魚を抱えた石像が立っている。

クマの石像の横を通って店の中に入ると、セーノさんがわたしに気づく。

「ユナちゃん？」

クマの刺繍《ししゅう》が施されたエプロンをしているセーノさんがやってくる。初めは恥ずかしがっていたが、みんな慣れたようで、今では恥ずかしがっている様子はない。

「アンズいる？」

セーノさんに確認する。

「いるよ。アンズちゃん！　ユナちゃんが来たよ〜」

キッチンに向かって叫ぶ。その声を聞いたアンズが奥のキッチンからやってくる。ちゃんとクマのエプロンをしている。

「ユナさん、どこに行っていたんですか!?」

「ちょっと遠出していて。ティルミナさんに聞いたけど、わたしの知り合いが来たって？　だれなの？」

「ブリッツさんですよ。先日、お店にお見えになったんですよ」

「ブリッツが？」

ブリッツはミリーラの町で出会った冒険者だ。盗賊討伐のときにはお世話になった。そういえば、ミリーラの町が落ち着いたら、こっちに来るって言っていたね。

「ユナさんの居場所が分からなかったので、ティルミナさんに伺ったら、フィナちゃんを連れて出かけたっておっしゃるので、それならと伝言をお願いしたんです」

「それで、ブリッツはどこにいるか聞いている？　泊まっている宿屋とか」

「宿は聞いてませんが、しばらくはこの街で仕事をするつもりだって言ってました。だから、冒険者ギルドに行けば、会えると思いますよ」

挨拶《あいさつ》に来たなら、泊まっている宿屋ぐらい言っていけばいいのに。

「それじゃ、冒険者ギルドに行ってみるよ」

アンズと別れて冒険者ギルドに向かう。ギルドにいない可能性のほうが高いけど、ヘレンさんに聞けばなにか分かるかもしれない。

冒険者ギルドに入ると、時間的なものもあるけど、中は静かなものだ。王都と違って、不快な視線も飛んでこない。目線を向けても「ああ、クマか」って感じで、みんな目線を戻す。

　わたしは部屋を見回すがブリッツたちの姿はない。

「ユナさん、こんな時間にどうしたんですか？」

　ギルド内を見渡していると、受付に座っているヘレンさんが声をかけてくる。暇そうにしていたので、ヘレンさんに尋ねることにする。

「最近、ブリッツという冒険者が来たと思うんだけど、今どこにいるか分かる？」

「ブリッツさんですか？」

「ミリーラの町から来た、女の人を3人もはべらせている冒険者なんだけど。しかも、その女性たちは美人だったり、可愛《かわい》い女の子だったり、カッコいい女性だったり。そんな男の夢を現実に叶《かな》えている、男の敵のような冒険者なんだけど」

　わたしがブリッツの特徴を分かりやすいように説明する。ヘレンさんは言い難《にく》そうに口を開く。

「えーと、後ろにいる人がそうかと」

　後ろを振り向くと、仁王立《におうだ》ちしているブリッツがいた。

「久しぶり」

　クマさんパペットを上げて挨拶をする。

「久しぶりじゃねえよ。どんな聞き方をしているんだ！」

「分かりやすく聞いたつもりだけど」

「どこがだよ」

わたしはブリッツの後ろにいる3人の女性を見る。美人に可愛い系にカッコいい系と揃《そろ》っている。

「間違っていないよね？」

わたしの言葉に曖昧《あいまい》な笑みを返してくる3人。

「ふふ、ユナちゃん。久しぶり」

「ローザさん久しぶりです。みんなも元気そうだね」

ローザさんの隣にいるランとグリモスを見る。

「あたりまえよ」

「おまえも元気そうでよかった」

ランにグリモスも相変わらずのようだ。

「ユナちゃん、もしかしてわたしたちを捜しに来てくれたの？」

「アンズのお店に来てくれたみたいだからね。それで、みんなは仕事？」

「今日は受けていない」

ブリッツがぶっきらぼうに答える。

「さっきまで、街の中を見物していたの」

「この街大きいね」

ブリッツの代わりにローザさんとランが答えてくれる。

「それじゃどうして、冒険者ギルドに？」

「明日《あした》、仕事をしようと思ってね。それでどんな依頼があるか、確認しに来たところだったの」

「そしたら、どこかのクマが俺の悪口を言っていたわけだ」

「被害妄想だよ。わたし、ブリッツの悪口なんて言っていないよ」

「どこがだよ。女を3人もはべらせているって……」

初めから聞いていたんだね。

「事実だよね」

ブリッツの左右には3人の女性がいる。ブリッツも3人を見て、わたしの言葉を理解する。

「それじゃ、男の敵のような冒険者ってなんだ」

「周囲を見るといいよ」

わたしは部屋にいる他の冒険者のほうを示す。ブリッツも同様に目を向けると、男性冒険者たちはわたしの言葉に頷《うなず》いている。その反応を見たブリッツは黙るしかない。

黙ったブリッツの代わりにローザさんが話しかけてくる。

「いろいろな人にユナちゃんのこと聞いたけど、ユナちゃんを知らない人はいないね。冒険者ギルドで暴れたこともあるんだってね」

あれは相手が絡んできたから、振り払っただけだ。

「それに一人でブラックバイパーやゴブリンキングを倒すなんて、ありえないよ」

ランが信じられないように言う。

「あとユナちゃんがやっているお店に行ってきたけど、凄《すご》い人気だね」

「今日のお昼に『くまさんの憩いの店』でパンを食べたけど、美味《おい》しかったよ」

「くまパン。可愛かった」

表情の変化が少ないグリモスの顔が少しだけ、笑みをたたえていた。

「アンズちゃんのお店も行ったけど、デーガさんの料理に引けをとらないほど美味しかった」

「もう、食べたんだ。ご馳走《ちそう》しようかと思っていたんだけど」

「別に何度食べても問題ないから、ご馳走してくれてもいいんだよ」

ローザさんは笑顔で言う。ローザさんたちはランクCの冒険者なので、稼ぎは十分にあると思うけど、約束は約束だ。

「それじゃ、夕飯をご馳走するよ。どっちの店がいい？」

「アンズちゃんの料理も美味しいし、あのパンも美味しいんだよね」

「どっちかなんて選べない」

ローザさんとランが真面目に悩んでいる。

「ローザさんたちにはお世話になったから、両方ともご馳走するよ。しばらくはクリモニアにいるんでしょう？」

「うん、そのつもりよ。しばらくは依頼を受けながら街を楽しむつもり」

「それじゃ、今日はアンズの店に行こうか。お昼にパンを食べたんでしょう」

夕飯はみんなでアンズの店で食べることになり、時間的にまだ早いけど今から向かうことにする。

165 クマさん、ショートケーキを作る

ついに悪魔の食べ物が完成してしまった。わたしはできあがった白くて柔らかい物を指ですくって舐《な》める。

「甘い」

ブリッツたちとの食事のあと、街でイチゴが売られているのを見て、ショートケーキが無性に食べたくなった。そして、研究の結果、ついに生クリームもといホイップクリームが完成した。

これがあればいろいろお菓子の幅が広がる。

わたしはさっそくイチゴのショートケーキを作るために、スポンジケーキを作る。そして、スポンジケーキを上下に切り分け、その間にイチゴとクリームをたっぷり挟む。全体にクリームを塗り、イチゴを綺麗《きれい》にトッピングする。イチゴのショートケーキが完成した。

うろ覚えの知識でも作れるものだ。

わたしはさっそくショートケーキを切り分け、お皿にのせる。

う～ん、お店で売っているショートケーキと比べると見た目は若干悪いがこんなもんだ。

わたしはお皿にのせたショートケーキにフォークを刺して口に運ぶ。

うん、美味《おい》しい。苦労して作ったかいがあったよ。

もちろん、プロの職人が作ったショートケーキには勝てないけど、素人なら十分な美味しさだ。

でも、食べすぎには注意だ。太らない体質とはいえ、糖分のとりすぎには注意だ。クマの着ぐるみのおかげで、体形は気づかれ難《にく》いけど、いつ、誰とお風呂に入るか分からない。フィナとシュリに「お腹《なか》が柔らかいね」とか言われたら、ショックで立ち直れないかもしれない。


わたしが久しぶりにイチゴのショートケーキを食べているとクマハウスに誰かがやってきた。誰かな。人がイチゴのショートケーキを堪能しているというのに。

「ユナお姉ちゃん」

ドアを開けるとフィナがいた。フィナだったらしかたない。これがクリフやミレーヌさんなら追い返しているところだ。

「フィナ、どうしたの？」

「今日はゴルドおじさんに頼んだミスリルナイフを、取りに行くんじゃ」

「……そういえばそんなこともあったね」

家に引きこもってケーキ作りをしていたから忘れていたよ。

「3日前のことだよ〜」

フィナが口を尖《とが》らせながらわたしに説教する。

でも、今日はそれどころでない。ホイップクリームが完成して、イチゴのショートケーキを食べているところだ。ナイフは逃げたりしないが、ケーキは傷むかもしれない。クマボックス？　その存在は今は忘れることにする。今のわたしの優先順位はケーキを食べるほうが上だ。

「フィナ。それよりも、美味しい食べ物を作ったんだけど、一緒に食べない？」

玄関に立つフィナの手を握って、クマハウスの中に無理やり連れ込む。せっかく作ったんだから、フィナの感想も聞きたい。

フィナを椅子に座らせるとフィナの前にイチゴのショートケーキを出す。飲み物に牛乳も用意してあげる。

「これはなんですか？」

「イチゴのショートケーキだよ。美味しいよ。食べたら、感想を聞かせて」

フィナが恐る恐るケーキを口に運ぶ。見たことがない物を口に入れるのは怖いのかな？

ケーキをひと口食べるとフィナの表情が変わる。

「どう？」

「美味しいです！」

フィナは2口目、3口目と一心不乱にケーキを口に運ぶ。美味しそうにイチゴのショートケーキを食べる。フィナのケーキを食べる手が止まらない。口の周りにはクリームがついている。かなり、好評価のようだ。

「この白い物はなんですか？」

「ホイップクリームだよ。簡単に言えば牛乳を泡立てたものだよ。あと砂糖も使っているよ」

「イチゴも美味しいです」

イチゴのショートケーキは鉄板だ。でも、今度違う果物でケーキを作ってもいいかもしれない。そんなことを考えていると、フィナの前にあったショートケーキは、あっという間に消えていた。

「どうだった？」

「とても、美味しかったです」

凄《すご》く幸せそうな顔をしている。そして、少し離れた位置にあるイチゴのショートケーキの残りをチラチラと見ている。いつもはしっかりして、大人っぽいところもあるけど。こういう姿を見ると年相応の女の子で安心する。

わたしは無言でケーキを切り分け、フィナのお皿の上にのせてあげる。フィナがわたしとケーキを見比べる。

「食べていいよ」

でも、フィナは食べようとしない。

「持って帰ってもいいですか？　シュリにも食べさせてあげたいです」

「ふふ」

「な、なんで笑うんですか！」

わたしはフィナの頭を撫《な》でる。フィナが妹思いで優しいから笑みが出ただけだ。本当に家族思いのいい子だ。

「まだたくさんあるから気にしないでいいよ。それになくなれば、また作ればいいだけだよ」

わたしはシュリの分とティルミナさんの分のケーキを切り分け、バスケットに入れてあげる。

「シュリとティルミナさんに感想を聞いておいてね」

わたしはケーキが入ったバスケットをフィナに渡す。

「ありがとうございます」

バスケットを受け取ったフィナは目の前にあるケーキを食べ始める。そして、2個目のケーキを食べ終えたフィナはお礼を言って、帰ろうとする。

うん？　なにか忘れているような気がするけど、気のせいかな？

フィナがクマハウスから出て、数秒後。すぐに戻ってきた。

「ユナお姉ちゃん。ナイフです。ゴルドおじさんのところにナイフを取りに行かないと」

フィナに言われて思い出す。フィナもケーキのことで頭が一杯になり、ナイフのことを忘れていたみたいだ。


わたしとフィナは、ゴルドさんに頼んでいた、解体用のミスリルナイフを取りに行く。

ゴルドさんのお店に到着すると、店の前にアイアンゴーレムが立っていた。

カッコいいね。

アイアンゴーレムは剣と盾を持たされていた。プレゼントしたものがちゃんと飾られていると嬉《うれ》しくなるね。

「ユナお姉ちゃんは、わたしがエレローラ様の家にいるときに、このゴーレムと戦ったんですよね」

「そうだけど」

「ユナお姉ちゃんが無事に帰ってきてくれてよかったです」

わたしはフィナが心配してくれる気持ちが嬉しくなる。

「ありがとう」

アイアンゴーレムを見ながら、フィナと一緒に店の中に入る。

「待っていたよ」

今日はゴルドさんではなく、いつもどおりにネルトさんがいた。

「できてますか？」

「もちろん、できているさ。うちの旦那は仕事だけは一流だからね」

ネルトさんはそう言いながら、布に巻かれたナイフを渡してくれる。受け取るのはわたしじゃなく、フィナだ。

フィナが布を取ると綺麗なナイフが出てくる。わたしがエレローラさんからもらったナイフのような飾り付けはないが、シンプルでとても綺麗なナイフだ。

フィナはゆっくりと鞘《さや》からナイフを抜く。

「どう？」

フィナは小さな手でナイフを握り締め、刃先を見つめる。

「持ちやすくていいです。それにキレイです」

フィナはいろいろな角度から見たり、部屋に差し込む窓の光に照らしたりしては、嬉しそうに笑みを浮かべる。

フィナ……少し危ない子になっているよ。

「ユナお姉ちゃん。その、ありがとうございます」

満面の笑みをわたしに向けてくれる。こんなに喜んでもらえたなら、わたしもプレゼントしたかいがある。

「フィナには解体を頑張ってもらうからね」

「うん。頑張って解体します！」

フィナはナイフを鞘に戻すと、アイテム袋に大事にしまう。

「ネルトさん、ありがとうございました。こんなに綺麗なナイフを作ってもらって」

「あとで旦那に伝えておくよ。切れ味が落ちたりしたら、メンテナンスはいつでもするからね」

メンテナンス代もアイアンゴーレム代に含まれているので無料となっている。まあ、それ以前からフィナのナイフのメンテナンスはネルトさんの好意で無料でやってもらっていた。

フィナはティルミナさんが働き始め、新しいお父さんのゲンツさんができて、余裕が生まれたので、お金を払おうとしたが、断られてしまったらしい。優しいドワーフ夫婦だ。

「それじゃ、もう一本はまた、3日後に来ておくれ」

「急いでいないから、ゆっくりでいいよ」

「いいんだよ。ゴルドは仕事をさせてないとサボるからねぇ」

「それじゃ、ほどほどにお願いします」

ネルトさんにお礼を言って店を出る。

さて、帰って食べかけのケーキでも食べるかな。

えっ、黒虎《ブラックタイガー》の解体？　そんなの後だよ。

166　クマさん、黒虎《ブラックタイガー》の解体をする

ミスリルナイフを手に入れた翌日、朝からフィナに黒虎《ブラックタイガー》を解体してもらう。
大きなテーブルに黒虎《ブラックタイガー》を出す。真っ黒い毛に包まれた魔物だ。ウルフはもちろん、タイガーウルフよりも大きい。

フィナはゴルドさんが作ってくれたミスリルナイフを取り出すと、深呼吸し、ゆっくりと黒虎《ブラックタイガー》にナイフを入れる。流石《さすが》ミスリルナイフというべきなのか、鉄のナイフでは切れなかった黒虎《ブラックタイガー》の体をあっさり切り裂いていく。だが、生きている黒虎《ブラックタイガー》をこのようにミスリルナイフで簡単に切れるかといわれれば、NOである。生きている魔物と死んでいる魔物では硬さが違う。生きている魔物は魔石の力によって皮膚の強度が上がる。ツメや牙なども魔力によって鋭く、硬く、強力になる。

フィナは慣れた手つきで黒虎《ブラックタイガー》を解体をしていく。フィナの解体技術は高い。わたしがミスリルナイフを使ったとしても同じことは絶対にできない。

「相変わらず、フィナは解体が上手だね」

「お父さんに教わりましたから」

「それで、ナイフはどう？」

「はい、凄《すご》いです。思ったところにナイフが入っていきます。力をそんなに入れていないのに、入っていくんです。ユナお姉ちゃん、本当にミスリルナイフなんてもらってもいいんですか？」

「いいよ。フィナにはいつもお世話になっているからね。感謝の気持ちだと思って受け取って」

「うぅ、いつもお世話になっているのはわたしです。ユナお姉ちゃんにはいつも助けられてばかりです」

そんなことはないのに。異世界に来たばかりで、右も左も分からないときにフィナに出会えた。フィナに会わなければ、途方にくれていたのは間違いない。

わたしはポンとフィナの頭にクマさんパペットを置く。

「ユナお姉ちゃん？」

「ありがとうね」

「……？」

フィナは意味が分からないようで首を傾《かし》げる。

わたしはフィナの邪魔にならないように、部屋の端に移動する。フィナは小さな体を目いっぱい使って、解体していく。短い腕を伸ばし、それでも届かない場合は小さな体全体を伸ばす。

「ふぅ」

フィナは息を吐く。

「休憩入れてもいいよ」

「大丈夫です。……あっ、そうだ」

フィナは何かを思い出したかのように、わたしのほうへ振り返る。

「ユナお姉ちゃん。今日の午後って時間ありますか？」

「今日の午後？　とくになにも予定はないけど。なに？」

今日はお店に顔を出す予定も、仕事をする予定も入っていない。あえて言うなら、くまゆるとくまきゅうと昼寝をするぐらいだ。

「ユナお姉ちゃんに時間があれば、お母さんが会いたいそうです」

「ティルミナさんが？」

なんだろう？

「えっと、昨日、食べたケーキのことだと思います。それと、ミスリルナイフのこともお礼が言いたいって」

「ミスリルナイフは分かるけど、ケーキ？」

ティルミナさんに相談もせずに、価格が高い物をフィナにあげてしまった。それについて何か言われてもしかたないけど、ケーキ？　もしかして、また食べたいのかな？

それから、黒虎《ブラックタイガー》の解体作業は無事に終わり、黒虎《ブラックタイガー》の毛皮が手に入った。フィナにはお礼として黒虎《ブラックタイガー》の肉をあげる。

話によると黒虎《ブラックタイガー》の肉は高級食材らしい。まあ、そう簡単に出合える魔物じゃないしね。

フィナはもらえないと断るが、無理やりに押しつける。

今度、アンズのところに持っていって調理してもらおうかな。


解体を終えたフィナはティルミナさんを呼びに行く。昼過ぎには戻ってくるというので、先に昼食をとって待つことにする。

そして、昼食を終えたわたしが子熊化したくまゆるとくまきゅうと一緒にまったりしていると、ティルミナさんがやってきた。ティルミナさんの横にはフィナとシュリの姿もあり、3人を家の中に招き入れる。

「ユナちゃん、まず、娘が持っているナイフについて聞きたいんだけど」

「ナイフって、ミスリルナイフのこと?」

「ユナちゃん、ミスリルナイフがどれだけするか分かっているの?」

親子揃《そろ》って同じことを言われた。ここでミスリルは持ち込みでお金はかかっていないと言っても無駄だよね。

「値段は関係ないよ。今回はフィナに頼んだ解体が、ミスリルじゃないとできなかったから、必要だったんだよ」

「解体にミスリルナイフが必要って、いったいなにを解体させたの？」

「えっと、黒虎《ブラックタイガー》です」

「…………」

ティルミナさんの表情が固まる。

「さっきフィナに黒虎《ブラックタイガー》の肉を渡しましたから食べてね」

「……はぁ。ユナちゃんは、相変わらずとんでもない魔物を討伐してくるのね。タイガーウルフやブラックバイパーの話を聞いたときも驚いたけど、今回は黒虎《ブラックタイガー》とはね。でも、娘に頼まないで冒険者ギルドに頼めばいいじゃない」

それだと、わたしが黒虎《ブラックタイガー》を倒したことが広まってしまう。そのことを話すと。

再度、ため息を吐《つ》かれた。

「それに、フィナはわたし専属の解体職人だから。解体用のナイフを用意するのもわたしの役目だよ」

ゲンツさんから、フィナに解体の仕事を振ってほしいと頼まれている。フィナも承諾したし、専属契約の解約はしていない。だから、解体の仕事はフィナに頼むのが筋だ。

「フィナにミスリルナイフをあげたのは分かったけど、シュリ用のナイフを作ったのは？」

「マダ、ツクッテマセンヨ」

現在、ゴルドさんが作っている最中だ。だから、まだ作ってはいない。それにシュリのナイフは貸し出しだ。あげたわけじゃない。

わたしは一生懸命に説明した。

うぅ、疲れたよう。

「それともう一つ。ユナちゃん、昨日のあのお菓子はなに？　とても美味《おい》しかったけど、もしかして、あのお菓子もお店に出すの？」

ミスリルナイフが終わったと思ったら、次の質問がやってきた。

「あれは、自分が食べたかったから作っただけだよ」

「食べたかったって、どこであんな食べ物の作り方を覚えてくるのかしら」

元の世界です。とは言えない。

「でも、お店で出さないの？　てっきり、お店で出すからわたしに食べさせたと思っていたんだけど」

どうやら、ティルミナさんは、イチゴのショートケーキをお店で出すと思ったらしい。それで、材料とか値段とかいろいろ相談をしようと思っていたみたいだ。

「販売してもいいけど、誰が作るのかという問題もあるからね」

「モリンさんたちじゃダメなの？」

「パンを作るだけで、今はいっぱいいっぱいじゃないかな？」

お店はいつも混み合っている。モリンさんが作るパンもそうだけど、くまパンが予想外に人気となっている。ミルや子供たちが一生懸命に手伝っているが、いつも忙しそうにしている。だから、ケーキまで手は回らないと思う。

「作るのは難しいの？」

「う〜ん、慣れだと思うけど、作るのに手間はかかるかも」

お店で出すとなれば、たくさん作らないといけない。ワンホールぐらいじゃ、もちろん足りない。

「でも、販売しないのはもったいないと思うのよね。とりあえず、モリンさんとカリンさんにショートケーキを試食してもらってから、考えてもいいんじゃないかしら」

ティルミナさんに押される感じで、モリンさんとカリンさんに試食してもらうことになった。

「それじゃ、モリンさんにはわたしから話をしておくわね。試食は次のお休みでいいかしら」

わたしは了承する。試食会にはお店で働く子供たちも呼ぶことにする。少し多めに作らないとダメだね。

ティルミナさんとの話を終えると、シュリがわたしのクマの服を小さく引っ張る。

「ユナ姉ちゃん」

「なに？」

「食べたい」

「ケーキ？」

「うん」

ケーキは昨日作ったものがまだ残っている。わたしはケーキを取り出すと、3人の前に出してあげる。

「食べていいよ」

シュリは嬉しそうに食べ始める。

「それはそうと、ユナちゃん。どうして、ケーキが2つだったの？　ゲンツがいじけていたわよ」

「……ゲンツさん？」

言われて思い出す。ゲンツさんのことは、すっかり頭から抜け落ちていた。どうも、ケーキのイメージからは女性しか頭に浮かばなかった。だから、ゲンツさんの分のケーキを用意するのを忘れた。フィナも言ってくれたらいいのに。

「えっと、わたしも忘れていました」

フィナは小さな声で答える。うぅ、娘にも忘れられるゲンツさん、なんだかかわいそうになってきた。

「とりあえず、わたしのを半分あげたけど。美味しそうに食べていたわよ」

おっさんがケーキを……。

イヤイヤ、人を見た目で判断しちゃダメだよ。おっさんだってケーキぐらい食べる。わたしだって見た目で苦労しているんだから。人が何を食べようと、人が何を着ようと自由なハズ。

　でも、ゲンツさんが美味しそうに食べていたなら、男性用の甘さ控えめのケーキを作るのもいいかもしれない。そうなるとゲンツさん以外でも味見をしてくれる男の人が必要かな。知り合いの男性で思いつくのはクリフに冒険者ギルドのギルマス、あとはギルにドワーフのゴルドさんぐらい？　ああ、今はブリッツがいるんだっけ？

　とりあえずはクリフかな？　ノアをのけ者にすると、後で文句を言われそうだし。

「それにしても美味しいわね。昨日も思ったけど、いくらでも食べられるわ」

「うん、美味しい」

　ティルミナさんとシュリにも好評のようで、３人で美味しそうに食べている。

　もしかしてティルミナさん。いつでも自分が食べられるようにと、お店に出そうって言いだしたんじゃないよね？

167　クマさん、ケーキの試食会をする　その1

今日はケーキの試食会の日だ。「くまさんの憩いの店」は定休日になっている。

家を出ると、目の前に人が立っていた。そう、立っていた。リュックを背負った女の子がクマハウスを見ている。どこかで見たことがある女の子だ。

「本当にクマさんの家に住んでいたんだ」

「だれ？」

頭の片隅に女の子の顔が引っかかっている。どこかで会ったような気もするが思い出せない。

「もしかして、覚えていない？　王都のモリン叔母さんのお店の前で会ったネリンですよ」

ポン！

思い出した。モリンさんの親戚の女の子だ。クリモニアに着いたんだ。あれからいろいろあって、モリンさんに言うのをすっかり忘れていた。

「でも、なんでネリンがうちの前にいるの？」

「宿屋でクマの格好をした女の子の話をしたら、このあたりに住んでいるって聞いて。そしたらクマの家があったから……。あのときはありがとうね。お金は必ず働いて返すから」

それって、わたしのお店で働くってことになるのかな？

「今、到着したの？」

尋ねると、クリモニアに到着したのは昨日だという。一度宿に泊まって、これからモリンさんのお店を探すつもりだったらしい。その前に宿屋で聞いたわたしの家にお礼を言いに来たと言う。

「それじゃ、今からモリンさんのところに行くんだね。案内してあげるよ」

「いいの？」

「わたしも行くところだったから、問題はないよ」

「ありがとう」

わたしはネリンを連れてお店に向かう。

「確かユナちゃんだったよね。ユナちゃんはいつもそんな格好をしているの？　王都で会ったときも、同じ格好をしていたし」

久しぶりにストレートに聞かれた。まあ、普通は聞きたくなるよね。

「この格好についてはノーコメント」

「…………」

ネリンはわたしの答えに一瞬口を閉じるが、すぐに次の話題を振ってくる。

「それにしても、ユナちゃんもクリモニアの街に着いていたんだね。わたしもなるべく早く着けるようにクリモニア行きの馬車に急いで乗ってきたんだけど」

「わたしは馬車じゃないからね」

「もしかしてユナちゃん、馬に乗れるの？」

「まあ、似たようなものかな？」

乗り物はクマだけど、今回はクマの転移門だ。もしネリンがモリンさんのところで働くことになれば、くまゆるとくまきゅうのことを耳にするはず。そうなれば勝手に解釈をしてくれるはずだ。

ネリンと話しているとお店が見えてくる。

「あそこがモリンさんのお店で、２人は2階に住んでいるよ」

「えっ、ここ？　大きい。……それにクマ？」

お店は元お屋敷ってこともあって少し大きい。お店の前にはパンを持っている大きなクマの石像が立っている。さらに看板にもクマがいるし、２階にもクマが見える。

「中に入るよ」

立ち止まって見ているネリンに声をかけて、お店の中に入る。

「ま、待ってください」

お店の中に入ると、店で働く子供たちがわたしたちを見る。

「ユナお姉ちゃん、おはよう」

「おはよう。モリンさんとカリンさんはいる？」

「うん、いるよ」

子供たちは返事をすると、モリンさんを呼びに行ってくれる。すぐにモリンさんとカリンさんがやってきた。

「ユナちゃん、おはよう」

「モリンさん、カリンさん、お客さんですよ」

「お客さん？」

「モリン叔母さん、カリンお姉ちゃん、お久しぶりです」

「ネリン？」

「ネリンちゃん」

モリンさんとカリンさんがネリンを見て驚く。

「モリン叔母さん、引っ越すなら教えてください。王都に行ったらお店は閉まっているし、モリン叔母さんたちが男の人に襲われたって聞いたし、不安でしかたなかったんですよ。王都でユナちゃんに会わなかったら、どうなっていたか」

ネリンは少し口を尖《とが》らせながら、文句を言いだす。

「連絡なら、兄さんにしたわよ」

「お父さんですか？　わたし聞いていないよ？」

「なら、兄さんが忘れたのよ。わたしはちゃんと、夫が亡くなったことや、新しくクリモニアでお店をやることも、心配しないでいいってことも手紙に書いたよ」

「うぅ、お父さん！」

　ネリンは叫び声をあげる。


　それから、どうしてわたしと一緒にいるか説明する。

「王都で……。ユナちゃん、ありがとうね。馬車代はわたしが払うから」

「モリン叔母さん、お金はちゃんとわたしが働いて返すよ。だからこのお店で働かせて」

「このお店で働きたいなら、ユナちゃんにしっかり頼まないといけないよ」

「ユナちゃんに？」

　ネリンはわたしのほうを見て首を傾《かし》げる。

「このお店はユナちゃんのお店だからね」

「一応そうなっているけど」

「ユナちゃん、この子はわたしの兄の娘のネリン。前からうちのお店で働きたいと言っていて、15歳になっても同じ気持ちなら働かせるって、夫が約束していたの。お店で働かせたいけどいい？」

　モリンさんの親戚なら問題はない。もちろん、問題があるようなら辞めてもらう。

「別にいいけど。サボったり、子供たちを苛《いじ》めるようだったら、モリンさんの親戚でも辞めてもらうよ。それでもいいなら」

仕事ができないのも問題だけど、それ以上にやる気がなかったり、子供たちを苛めたりするようだったら、働かせるつもりはない。

「もしそんなことをしたら、わたしがお尻を蹴《け》って追い出すよ。そして、二度と店に近づけさせたりしないよ」

「そんなことしないですよ！」

ネリンが叫ぶ。


それから、モリンさんは子供たちにネリンを紹介する。

「えっと、ネリンです。これからわたしも一緒に働くことになるけど、よろしくね」

「カリンお姉ちゃんの妹？」

「う～ん、ちょっと違うけど、妹みたいなものかな」

子供たちも自己紹介をする。どうやら、子供たちにも受け入れられたみたいだ。

「それにしても、お店の外だけじゃなく、お店の中にもクマがたくさんあるんだね。これもユナちゃんの趣味なの？」

趣味と言われたよ。違うよ。これはわたしの趣味じゃないよ。わたしの格好は神様のせいだよ。お店はみんなの希望でこうなったんだよ。

「ユナちゃんのクマの格好も好きだからしているんだね。初めて見たときは、人前で恥ずかしくないのかなと思ったりしたけど。とっても可愛《かわい》いよね」

「ふふ、ふふ、クマの格好が可愛いなら。それならネリンもクマの制服を着ないとダメだね」

わたしは笑みを浮かべながら、半分、冗談で言ってみる。

「クマの制服？」

今日は仕事じゃないので、子供たちは普通の服装だ。

「ミル、制服に着替えてきて」

わたしがミルにお願いすると、ミルは「はい」と返事をして、クマさんパーカに着替えに行く。

「カリンお姉ちゃん、クマの制服ってなに？」

「わたしは知らないからね」

カリンさんは自分が巻き込まれないようにと逃げる。しばらくすると、クマさんパーカを着たミルがやってくる。

「ク、クマだ。可愛い。これを着て仕事をするの？」

なんだか嬉しそうに見えるのは気のせいだろうか。ネリンはミルのクマさんパーカを見る。

「ちゃんと、耳も尻尾《しっぽ》もあるんだね。うん、分かった。ちゃんと着て仕事をするよ」

「…………」

冗談で言ったんだけど。ネリンは普通に受け入れてしまった。カリンさんも唖然《あぜん》としている。

「そういえば今日は休みって聞いたんだけど。なにかあるの？」

何も知らないネリンが尋ねてくる。そういえば説明していなかったね。

「今日はわたしが作ってきたお菓子の試食会だよ。よかったら、ネリンも参加して意見を聞かせてね」

「お菓子って、ユナちゃんが作ったの？　わたしお菓子大好き。楽しみです」

お菓子って聞いただけで、ネリンは嬉《うれ》しそうにする。

「試食には他の人も来る予定だから、少し待ってね」

あとティルミナさんとフィナとシュリが来ることになっている。

それから、それほど待つこともなく、ティルミナさんたちがやってくる。でも、その中に呼んでいないはずの人がいた。

「どうしてミレーヌさんがいるんですか？」

「どうしてって。ティルミナさんから、ユナちゃんの新作のお菓子が食べられるって聞いたからに決まっているでしょう」

断言されても困るんだけど。

「ミレーヌさん、仕事のほうは大丈夫なんですか？」

ミリーラの町へのトンネルが開通したから、商業ギルドは忙しいはずだ。

「もちろん、誰かさんのせいで忙しいわよ」

この人、言い切ったよ。

「それじゃ、穴を塞《ふさ》ぎましょうか？」

「ユナちゃんは意地悪ね。そんなことになったら、逆に大変なことになるわよ」

どうやら忙しいなか、わざわざ来たらしい。

ミレーヌさんは仕事もできるし、いい人だ。どちらかといえば好感が持てる。でも、同時に厄介《やっかい》ごとを持ってくるタイプだ。面白いことには首を突っ込み、楽しむ人間だ。はたから見るには楽しいけど、巻き込まれるのは勘弁してほしい。

改めてネリンのことを紹介して試食会が始まる。

モリンさんとカリンさんはお皿とフォーク、飲み物を運んできてくれる。子供たちは椅子に座り、嬉しそうに待っている。

ミレーヌさんはティルミナさん、フィナ、シュリと同じテーブルに座る。

わたしはクマボックスから出したホールケーキを切り分けていく。それをモリンさん、カリンさんがお皿にのせて運ぶ。

全員のテーブルにケーキが並ぶ。

「ユナお姉ちゃん。これはなあに？」

「それはイチゴのショートケーキだよ」

「ユナちゃん。この白いのはなに？」

「それが今回のメインのホイップクリームだよ。そのホイップクリームがイチゴや果物、スポンジケーキと絡みあって美味《おい》しいよ。とりあえず、食べてみて」

わたしの言葉に全員がケーキを食べ始める。

「やわらかい」

「美味しい」

「イチゴも美味しいけど、このクリームも甘くて美味しい」

そんな言葉が周りのテーブルから飛んでくる。まずそうな顔をする者は誰もいない。

「ユナちゃん。な、なんなの、この食べ物」

ミレーヌさんのフォークを持つ手が震えている。でも、食べることは止めない。

「だから、イチゴのショートケーキだよ。中の果物を替えれば、季節ごとのケーキが作れるよ。わたしはイチゴが好きだけど」

今度、いつでも食べられるようにイチゴを買い込んでおこう。そうすればいつでもイチゴを食べられる。ありがとう、クマボックス様。

「プリンやピザのときも思ったけど、ユナちゃんは冒険者より、料理人のほうが合っているかもよ」

いや、わたしの性格からして、料理人は合っていない。面倒くさがりで、怠け者。楽ができるなら、そっちを選ぶような人間だ。そんな人間が毎日料理を作るなんて無理だ。

「冒険者のほうが楽なので」

「魔物と戦ったり危険なことをしたりする冒険者が楽って言うのはユナちゃんぐらいよ。それに、ユナちゃんみたいに強くて、可愛くて、変で、プリンやこんな美味しい食べ物を作れる冒険者はいないわよ」

まあ、クマさんチートや知識チートだからね。

「そうね。ユナちゃんのおかげで、パンの種類が増えたものね。ユナちゃんの発想は凄《すご》いわ」

モリンさんまで、わたしを褒め始める。決してわたしの考えでなく、元の世界にあったパンを教えているだけだ。わたしのアイディアではない。

「それで、ユナちゃん。このお菓子をお店で出すって、ティルミナさんに聞いたんだけど」

「モリンさんしだいかな。お店で出したいと思うけど、パンを作る時間は減らしたくないし」

基本的にパンはモリンさんとカリンさんが作っている。それを補佐するように子供たちが手伝っている。開店前にパンとケーキを作るのは大変だと思う。

「そうだね。このケーキにどのくらい時間がかかるか、作ってみないとなんとも言えないね。カリンや子供たちにも手伝えってもらえれば、なんとかなるかもしれないけど、負担が大きくなるのは間違いないね」

やっぱり、そうだよね。モリンさんたちに負担をかけるなら、作らなくてもいい。別に慌てて作ることじゃない。モリンさんや子供たちが過労で倒れでもしたら、そっちのほうが大変だ。

そもそもわたしが「あんなパンが食べたい、こんなパンが食べたい」と、いろいろとモリンさんに頼んでしまい。さらにはそれが商品化してしまって、どんどんパンの種類が増えて、忙しくなっている。

わたしたちがどうしようかと悩んでいると、ネリンが手を挙げた。

168　クマさん、ケーキの試食会をする　その2

「それならわたしに作らせてください」

ネリンが手を挙げて、そんなことを言いだした。

「ネリン？」

「こんなに美味《おい》しい物、初めて食べました。モリン叔母さんとカリンお姉ちゃんに作る時間がないなら、わたしに作らせてください」

ネリンが真剣な顔でモリンさんとわたしのことを見る。

「でも、ネリンはパン作りを教わるために、モリンさんのところに働きにきたんでしょう」

「もちろん、パン作りも教わります。でも、それと同時にこのケーキも美味しかったです。モリン叔母さんが忙しくて、カリンお姉ちゃんも手が空いていないなら、わたしが作ります。わたし、お店で役に立ちたいです。もちろん、今日来たばかりで、何を言っているんだと思うけど。家でパンも作っていました。作り方を教えてくれれば、できると思います」

ネリンは真剣な表情で、わたしたちを見る。

「モリンさん」

わたしはモリンさんを見る。モリンさんは少し困ったような、嬉《うれ》しそうな表情を浮かべている。

「わたしもカリンも忙しいから、手伝ってあげられないよ」

「はい！」

「まずい物はお店に出せないよ」

「はい！　頑張って勉強します」

モリンさんはネリンの言葉に嬉しそうな表情を浮かべると、わたしに視線を向ける。

「ユナちゃん、わたしからもお願いするよ。ネリンにケーキを作らせてあげてほしい。ネリンが作ってくれるなら、わたしもカリンもパンに集中できる。なにより、こんなに美味しい物をお店に出さないのはもったいないからね」

「わたしも手伝うよ」

「僕も」

子供たちも手を挙げる。ネリンは嬉しそうに子供たちを見る。わたしとしても問題はない。

「それじゃ、ケーキはネリンに任せるよ」

「本当！　ユナちゃん。ありがとう。わたし頑張るよ」

ネリンは声を弾ませてわたしを抱き締める。

「それじゃ、商業ギルドで手伝えることがあったら言ってね」

「わたしはいつでも販売できるように材料の価格を調べておくから。あとで必要な材料を教えてね」

と、ミレーヌさんとティルミナさんが言ってくれる。2人にはいろいろとやってもらうことがある。素直に言葉を受け取っておく。

「それにしても美味しいわね。いくつでも食べられるわ」

たくさん作ってきたはずのケーキは綺麗《きれい》になくなってしまった。子供たちはもちろん、ミレーヌさん、ティルミナさんもお代わりしていた。

「でも、食べ過ぎると太るよ」

わたしがそう言った瞬間、世界にヒビが入った。

ピキッ、パリ〜ン、などの音があちこちから聞こえたような気がした。聞こえたほうを見るとフォークを持つ手が止まっている大人の女性陣がいる。反対に子供たちは気にした様子もなく、天使のような笑みを浮かべながら、美味しそうに食べている。両極端だ。

「ユナちゃん。これは太るの？」

ミレーヌさんが聞いてくる。

「食べ過ぎれば太るよ。ぷくぷくと、お腹《なか》周りとか」

「冗談よね？」

笑顔を引きつらせながら尋ねてくる。

「冗談だと思う？」

「…………」

唾《つば》を飲み込むミレーヌさん。

そもそも、甘い物を食べれば太るのは常識だ。

「まあ、食べ過ぎなければ大丈夫だよ」

「だよね」

ミレーヌさんがケーキにフォークを刺して口に運ぶ。

「でも、6個は多いと思うよ」

「ユナちゃ～ん」

ミレーヌさんの叫びが店の中に響いた。普通に考えて、6個は食べ過ぎです。

「ユナさん。3つなら平気ですよね」

「まあ、毎日食べなければ」

安堵《あんど》するカリンさん。個人的には3つでもアウトのような気がするが、毎日食べなければ大丈夫なはずだ。

「シュリ。はい、あ～んして」

ティルミナさんはお皿にのっているケーキをシュリに食べさせようとしている。どうやら、ティルミナさんにも太るってキーワードは禁句らしい。

「ティルミナさんは太っていないから大丈夫ですよ」

数か月前まで寝たきりで、ろくに食べていなかったから、どちらかというと痩せている。最近食べられるようになったといっても、まだそんなに太っていない。

「ユナちゃん。若いうちはいいけど。年をとったら油断は禁物よ。気づかないうちに太るのよ」

しみじみと真面目な顔で言われた。でも、子供でも太り過ぎはダメだと思うよ。何事も適度が一番だ。

「それにユナちゃんのお腹みたいになったら、大変でしょう」

ティルミナさんがわたしの着ぐるみのお腹に視線を向ける。まるでわたしのお腹が出ているみたいに言うのはやめてくれないかな。わたしのお腹は出ていない。クマの着ぐるみを着ているから膨《ふく》らんでいるように見えるだけだ。ほんとだよ。

横ではフィナが「お母さんは太ってないから平気だよ」と慰めている姿がある。

「フィナ、ありがとう」

嬉しそうにフィナを抱き締める。微笑《ほほえ》ましいけど、なんだかなって感じだ。

ケーキの試食会は好評の内《うち》に終わった。わたしの「太る」って発言以外、騒ぎは起きなかった。甘さを控えたケーキや、低カロリーケーキが必要になってくるかな?

ネリンはうちのお店で働くことになり、そしてケーキ作りを担当することになった。住む場所はお店の2階になる。

「こんな広い部屋を使っていいの？　別に屋根裏部屋でもいいけど」

元お屋敷ってこともあっても部屋は広い。2階はモリンさんとカリンさんが使っているだけだ。あと1階にあった更衣室を2階に移した。更衣室といっても、子供たちがクマさんパーカに着替えるだけだ。ちなみに屋根裏部屋はある。でも、部屋が余っているので、倉庫としても使っていない。

「まだ、働いてもいないのにいいのかな？」

「頑張って働かないとお給金は出ないからね」

お給金のことはティルミナさんとモリンさんに任せることになった。働きを見て決めるそうだ。ネリンも住む場所と食事が出れば問題はないと言う。とりあえずネリンには早急にケーキ作りを覚えてもらわないといけない。

午後から早速ケーキ作りの練習を始める。作ったケーキは孤児院に持っていく。30人はいるので、捨てるようなことにはならず無駄にならない。

流石《さすが》、パン職人を志《こころざ》してモリンさんのところにやってきただけあって、ケーキ作りも手際がよい。

「昔から、お菓子作りも好きだったんですよ」

なんとも女の子らしい趣味だ。ゲーム三昧《ざんまい》だったわたしとは違う。これがモテる女の子なんだろう。わたしとは全く異なる存在だ。

でも、その横ではモリンさんとカリンさんがネリン以上に上手に作っている。

モリンさんはパン作りだけじゃなく、ケーキ作りも上手《うま》い。センスがいいのか、職人って感じで簡単そうに作っていく。動作も速いし、ケーキ作りに無駄がない。ホイップクリームを綺麗に塗るのは難しいのに、数台作っただけでコツを摑《つか》み、お店に出しても問題ないレベルになっている。すでにわたしが作ったケーキよりも綺麗だし美味しい。カリンさんも上手に作っている。モリンさんの旦那さんはパンを作るのが、モリンさん以上に上手だったらしい。モリンさんの旦那さんに会ってみたかったね。

ネリンも十分に才能があると思うが、2人に比べると数歩後ろにいる感じだ。

「どうして、モリン叔母さんとカリンお姉ちゃんが一緒にケーキを作っているんですか？わたしの仕事を取らないでくださいよ」

「パンケーキに近いから、パンにも応用ができそうだしね。新しいパンの構想にもなるよ」

「うぅ。なら、カリンお姉ちゃんは？」

「もちろん、勉強だよ」

「ほら、しっかり覚えないと任せられないよ」

「うぅ……」

「自分でやるって言ったんだ。ちゃんとやらないと兄さんのところに送り返すよ」

ネリンは無言でケーキ作りを再開する。

その横で子供たちが泡立て器を使って卵を攪拌《かくはん》している。子供たちは明日販売するプリンを作っている。

「みんな、それはなに？」

「卵を掻《か》き混ぜる道具だよ。ユナお姉ちゃんが作ってくれたの」

毎日、卵を掻き混ぜるのは大変だから、ゴルドさんに作ってもらった。握るところに魔石が埋め込まれていて、触れると先端の泡立てる部分が回転するようになっている。楽に卵などを攪拌できる。

「ユナちゃんが？　ちょっと見せて」

ネリンは子供たちから泡立て器を借りて、卵を掻き混ぜる。

「おお、簡単に掻き混ぜることができるよ」

ネリンは子供が騒ぐように、楽しそうに卵を掻き混ぜる。

「凄《すご》い。ユナさん、わたしもこれ使いたいです」

「使ってもいいけど、ちゃんと作ってね」

それから毎日、ネリンのケーキ作りの特訓が続いた。午前中はパン作りや接客の手伝いをして、時間が空く午後にケーキ作りの練習を行う。徐々にネリンのケーキ作りも上手になってきた。これなら、近いうちにお店で出すことができそうだ。ネリンは結構真面目に働いている。

ネリンは子供たちと一緒にクマさんパーカを着ている。ネリンがクマさんパーカを着ることを知ったミレーヌさんは、ネリンの分を用意した。同じ格好で仕事をしているためか、子供たちもなついている。

「カリンお姉ちゃんは着ないの？」

「恥ずかしいから、着ないよ」

そんな声が聞こえてくる。やっぱり、恥ずかしい格好なの!?

今度、カリンさんとじっくりと話さないといけないね。

169 クマさん、ノアにケーキを持っていく

わたしは、ネリンと一緒に作ったケーキを持ってノアの家に向かう。

練習し過ぎて、ケーキが余り気味だ。子供たちに毎日食べさせるのもよくないので、クマボックスにしまって保存してある。

ノアには試食という名の在庫減らしを手伝ってもらうことにする。それにお店に出すことになってからケーキのことを知られたら、また文句を言われるかもしれない。

前回、くまパンがお店で販売になったときも「どうして教えてくれなかったんですか！」と怒られてしまった。くまパンはわたしだって知らなかったことだ。むしろわたしが教えてもらいたかった。

ノアのお屋敷に到着すると、メイドのララさんが出迎えてくれる。

「ユナ様、今日はどうしたんですか？」

「美味《お》しいお菓子を持ってきたんだけど、ノアはいますか？」

尋ねると部屋にいるということなので、ノアの部屋へと案内してもらう。

「ノアール様、ユナ様が美味しいお菓子を持ってきてくださいましたよ」

部屋に入ると、ノアは椅子に座って本を読んでいた。

「ユナさん？」

「お菓子を持ってきたよ。もしかして、勉強中だった？」

「ほ、本当ですか!?　大丈夫ですよ。そろそろ休憩の時間です」

ノアは読んでいた本を閉じると、嬉《うれ》しそうにわたしのところにやってくる。そんなノアを見て、ララさんはしかたないですね的な表情をする。

「ララさんも時間があるようなら、一緒に食べませんか？」

在庫が多いので、少しでも減らしたい。

「わたしもよろしいんですか？」

「実はこのお菓子はお店に出す予定なので、ララさんの感想も聞きたいです」

「分かりました。それでは美味しいお茶を用意して、お相伴《しょうばん》にあずかりますね」

ララさんはお茶の用意をするため、部屋から出ていく。

「それでユナさん、お菓子ってどんなお菓子ですか？　プリンみたいな美味しい物ですか!?」

ノアは目を輝かせながら尋ねてくる。

「どちらかというとパンケーキに近いお菓子かな？　プリンとは違うけど、美味しいと思うよ」

「楽しみです」

ララさんを待っている間、ノアの頼みもあって、くまゆるとくまきゅうを召喚してあげる。ノアは嬉しそうにくまゆるとくまきゅうと遊ぶ。

「やっぱり、くまゆるちゃんとくまきゅうちゃんは可愛《かわい》いです」

ノアがくまゆるとくまきゅうと遊んでいると、ララさんがお茶の用意をして戻ってくる。

わたしもケーキの準備を始めた。クマボックスからイチゴのホールのショートケーキを取り出す。そして、ケーキを切り分け、お皿にのせる。その横ではララさんがお茶を淹《い》れている。

「ユナさん、これはなんですか？」

「ショートケーキっていうお菓子だよ」

テーブルの上に3つのケーキが並ぶ。その隣にララさんが淹れてくれた紅茶のカップが並ぶ。

「イチゴがパンケーキの間にも入っているんですね」

「イチゴのショートケーキだからね。他の果物を入れたりしても美味しいよ」

わたしが言うと、2人はフォークを持って、ケーキをひと口サイズに切ってから口の中に入れる。ケーキを食べた瞬間、2人の表情が変わる。

「美味しいです」

「本当です。とても柔らかくて、甘くて美味しいです。この白いのが甘いのでしょうか。口に入れた瞬間、口に甘さが広がります。それがイチゴの酸味と合ってます」

ララさんは的確な表現でケーキを評価する。ノアも美味しそうに食べている。

「このお菓子をお店で出すのですか？」

「その予定だよ。よかったら食べにきてね」

「はい。絶対に行きます」

「ちゃんと勉強をしてからですよ」

「うぅ」

ララさんの言葉にノアは頬《ほお》を膨《ふく》らませながらも、ケーキを食べる。

「確かに美味しいですが、ちょっと口の中が甘くなるので、飲み物が欲しくなりますね」

ノアは紅茶を飲む。牛乳や果汁でもいいけど、ララさんが淹れてくれた紅茶が合う。

「この紅茶でもいいですが、このお菓子は甘いので、もう少し渋味があってもいいかもしれませんね」

ララさんは紅茶を飲みながら、そんな感想をもらす。確かにララさんの意見には同感だ。

「そうですか？　わたしは甘い紅茶でもいいですが」

ノアは紅茶に少し多めに砂糖を入れていた。

「ノアールお嬢様は、まだ子供ですから。大人とは味覚が違うんですよ」

「うぅ、そんなことありません。苦い紅茶だって飲めます」

ノアは紅茶を一気に飲み干すと、新しい紅茶をララさんに頼む。ララさんは微笑《ほほえ》みながら新しく紅茶を淹れる。

そういえば、ケーキはいろいろと模索しているけど、ケーキに合う飲み物については考えていなかった。もちろん、牛乳や果汁でもいいんだけど、大人には紅茶が合うと思う。

でも、うちのお店のメニューに紅茶はない。基本はパンなので、飲み物は牛乳や果汁になっている。

元の世界のときみたいに紅茶のティーバッグでもあれば楽でいいんだけど、流石《さすが》にそんなものはない。

「ララさん、この紅茶は高いんですか？」

自分が今飲んでいる紅茶の価格について聞いてみる。そもそも価格が高ければお店で出すのは難しい。

「はい、最高級の紅茶になります。その中でもクリフ様のお気に入りの紅茶です」

「冗談？」

そんな高級な紅茶をわたしに出したの？

「ふふ、どうなんでしょうね」

ニッコリと微笑んで誤魔化《ごまか》すララさん。ララさんの表情からでは真偽は分からない。

「えーと、それじゃ、これってわたしが買うことはできる？　お店で出したいと思うから、高級じゃないものがいいんだけど」

「安い紅茶は品質が低く、美味しくありませんよ」

「まあ、そのへんは試飲してみるしかないかな」

貴族様御用達《ごようたし》のお店じゃないから、ある程度の妥協は必要だ。上を見たら、きりがない。

「でも、ユナ様は紅茶の淹れ方を知っているのですか？」

葉を入れてお湯を入れるだけじゃダメなのは分かる。でも、わたしにはそのあたりの細かい知識はない。

「葉を入れてお湯を入れるだけじゃ、ダメだよね？」

「ユナ様、それは紅茶への冒瀆《ぼうとく》です。そんな簡単に美味しい紅茶を飲めたりはしませんよ。お飲みになる人数から茶葉の量を決め、温度の管理にも注意を注がないといけません」

ララさんは紅茶の淹れ方を真面目な顔で話し始める。うーん、紅茶を美味しく淹れるのは簡単ではなさそうだ。茶葉を購入してもお店で出すのは難しいかな。

「ユナ様、聞いてますか？　紅茶を淹れるにもそれなりの技術が必要になりますよ。適当に淹れても美味しくなりません」

ララさんはお茶についてうるさかったようだ。ノアを見ると、いつものことなのか、無視してケーキを食べ、お茶を飲んでいる。

そんなこんなで、ケーキを食べながら雑談をしていると、クリフがノアの部屋にやってきた。

「お父様?」

ララさんはクリフを見ると、すぐに立ち上がって頭を下げる。

「ララさんはわたしが試食をお願いしたんだよ。だから、怒らないであげて」

「そんなことで、いちいち怒らん。執事のロンドなら分からんがな。それで、なにを食べているんだ？」

テーブルにのっているケーキを見て尋ねてくる。

「今度お店で出す予定になっているお菓子だよ」

「美味しいのか？」

「甘くてとても美味しかったです」

「はい、前回のプリンに引けを取らないほど、美味しかったです」

ノアとララさんが答える。クリフはじっと残っているケーキを見ている。

「甘いものが大丈夫なら、食べる？」

「ああ、いただこうか」

ララさんは椅子に座るクリフに紅茶の用意をする。

綺麗《きれい》な動きだね。素人目だけど、紅茶を淹れる動きに無駄がないように見える。

「美味しいな」

「甘くない？　一応、今度甘さ控えめのケーキも考えているんだけど」

「甘いかと言われれば甘いが、美味しい。でも、紅茶が欲しくなるな」

クリフはララさんが淹れてくれた紅茶を飲む。

「お店でも紅茶を出したいんだけどね。淹れるのが難しそうなんだよね。それでクリフにお願いがあるんだけど」

「なんだ」

わたしはララさんを見る。お店で紅茶を出すなら、美味しい紅茶を出したい。

「ララさんに紅茶の淹れ方を教わりたいんだけど」

「わたしですか!?」

「紅茶の葉がよくても淹れ方一つで味も変わるんでしょう？　だから、ララさんに紅茶の淹れ方を教えてもらえないかなと思って」

「ララか。確かにララが淹れる紅茶は美味しいな」

「クリフ様……」

ララさんがクリフの言葉に感動している。

「ララと話し合って、時間があれば構わない」

クリフからララさんの貸し出し許可が下りた。

「それでは明日でどうでしょうか？　明日までに茶葉やお茶を淹れる道具などの用意をしておきますので」

さらにお店に出す、お手ごろ価格の紅茶も用意してくれることになった。

170　クマさん、紅茶の淹《い》れ方を教わる

ノアの家でショートケーキを試食してもらった翌日、ネリンを連れて再びノアの家に向かう。

「ユナちゃん、本当に領主様のお屋敷で紅茶の淹れ方を学ぶの？」

「そうだよ。ネリンにはしっかり紅茶の淹れ方を学んでもらうからね」

「でも、領主様のお屋敷に行くなんて緊張します」

「そんなに緊張しなくても大丈夫だよ。教えてくれるのはお屋敷で働くメイドのララさんだから」

「それでも緊張しますよ～」

どこで紅茶の淹れ方を教わるか問題になったが、紅茶を淹れる道具や茶葉のこと、さらに教わる身として、お店に来てもらうのは悪いと思って、わたしたちがお屋敷へと出向くことになった。流石《さすが》に領主の家にネリン一人で行かせるわけにもいかなかったので、わたしも一緒に行く。

「あのう、なんでわたしも一緒なんですか？」

一緒にいるフィナが尋ねてくる。

「ネリンが一人じゃ嫌だって言うから。そうなると必然的にフィナになるでしょう」

それで一緒に行くメンバーとして、フィナに白羽の矢が立った。領主のお屋敷に連れていけるのはフィナぐらいなものだ。

「それにフィナはノアと友達でしょう？」

「ノア様とは仲良くさせてもらっているけど、友達といっていいのかな？」

「友達でいいと思うよ。もし、違うと言ったらノアが悲しむよ」

「……はい」

フィナは嬉《うれ》しそうに頷《うなず》いた。


クリフのお屋敷に到着するとララさんが出迎えてくれる。

「お待ちしてました。フィナさんもいらっしゃったのですね」

「はい、今日はよろしくお願いします」

フィナは頭を軽く下げる。

「こっちは、お店でケーキを作ってもらうことになったモリンさんの親戚のネリン」

「ね、ネリンです。今日はよろしくお願いします」

ネリンもフィナの真似をして頭を下げる。

「わたしはこのお屋敷で働かせていただいております、メイドのララです。こちらこそ、よろしくお願いします」

ララさんが頭を下げると、再度ネリンも頭を下げる。

「それでは準備はできていますので、こちらへどうぞ」

わたしたちはキッチンに案内される。

「茶葉は3種類用意しました。どれもユナさんが作ったケーキに合うと思いますが、それぞれ淹れ方が若干違いますので、しっかり覚えてくださいね」

「は、はい」

「そんなに緊張しなくても大丈夫ですよ」

ララさんはネリンに優しく微笑《ほほえ》む。


かくして、ララさんによる紅茶の淹れ方の勉強会が始まった。

茶葉の種類、茶葉の量、お湯の温度、蒸らす時間などを丁寧に説明してくれる。それをネリンとフィナは必死にメモを取る。

ララさんがお手本として淹れてくれた紅茶を、さっそく試飲する。

「美味《おい》しい」

コーヒーより紅茶好きのわたしには、嬉しい味だ。

「本当に美味しいです」

「えっと、砂糖が欲しいです」

「ふふ、どうぞ」

ララさんがフィナのために砂糖を用意してくれる。フィナは砂糖を加え、紅茶を味わう。

「甘いお菓子が食べたくなりますね」

「じゃあ、これでも食べる？」

わたしはクマボックスからショートケーキをテーブルの上に出し、ケーキと一緒に紅茶を飲む。

「安い紅茶でも、十分にケーキと合うね」

「はい、美味しいです」

いつもクリフやノアが飲んでいる紅茶の茶葉だと、価格が高くお店に出すことはできない。

お店用として価格を抑えた茶葉をララさんに用意してもらったけど、紅茶の質は問題なさそうだ。

「それでは、わたしがやったように一人ずつやってみましょうか」

まずはネリンと思ったが、首を横に振るので、最初にわたしがやることになった。まあ、できるようになれば家でも美味しい紅茶を飲めるので、覚えておいて損はない。わたしはララさんがやったように紅茶を淹れる。

「これで大丈夫かな？」

ポットからカップに紅茶を注ぐ。

「はい、ユナ様、お上手です」

「それじゃ先生、味見をお願いします」

わたしは紅茶が入ったカップをララさんの前に置く。

「ふふ、厳しく採点しますね」

「そこは甘くお願いします」

わたしのお願いにララさんは笑う。そして、ゆっくりと飲んだ。

「ユナ様、初めてにしては美味しいです。十分、合格点を差し上げられます」

一回目で合格点がもらえたようだ。まあ、茶葉の量や温度から教われば、大きな失敗はしない。

それから、ネリンとフィナも紅茶を淹れる。ネリンは緊張で一回目は失敗したりもしたが、２回目からはちゃんと美味しく淹れることができた。

「みなさま、覚えが早いですね」

「これも先生の教え方がよかったからですよ」

細かく教えてくれるので、そのとおりにやれば美味しい紅茶を淹れることができる。この淹れ方は、ララさんが長い間研究して到達した領域なのかもしれない。

「ララさんにお礼をしたいんだけど、なにかありますか。ケーキ食べ放題とか」

「それも魅力的ですが、たまにはノアール様と一緒に遊んであげてください」

「そんなことでいいの？」

「はい、毎日じゃ困りますが、ユナ様とフィナさんの2人と一緒にいるとノアール様は楽しそうにしています。ですのでお願いします」

「了解」

「はい、わたしもノア様がお嫌じゃなければ」

「よろしくお願いしますね」

わたしとフィナはララさんのお願いを承諾した。


それから、練習で淹れた紅茶を飲みながらケーキを食べていると、キッチンにノアが入ってきた。

「ああ、やっぱり、ユナさんとフィナが来ている。しかも、みんなでケーキを食べています。どうして、わたしを呼んでくれないんですか！　ズルいです」

「ノアール様は勉強がありましたから」

「だからといって、わたしだけのけ者にしなくてもいいじゃないですか」

「別にノアをのけ者にしたわけじゃないよ。ノアも知っているでしょう。今日は紅茶の淹れ方を教わりにきたんだよ」

「うぅ、それは知っていますが、みんなで楽しそうにケーキを食べているのはズルいです」

「それじゃ、わたしが紅茶を淹れるから飲んでくれるかな」

「渋いのは嫌ですよ」

それから、ノアはわたしとフィナが淹れた紅茶を飲んでくれた。ネリンはノアが領主の娘だと知ると首を振った。

「領主様のお嬢様に淹れるなんて無理です」

ここで断ってもノアはお店に来るから、どっちにしろネリンが作ったケーキや紅茶を口にすることになるんだけど。まあ、そこは言わないでおく。

ノアの乱入もあったけど、概《おおむ》ね問題なくララさんによる紅茶の淹れ方の勉強会が終わる。あとは家やお店で練習することになった。紅茶を淹れる道具はララさんが用意してくれたので、帰ってからも練習することができる。わたしも紅茶の淹れ方を覚えたので、いつでも家で美味しい紅茶が飲める。問題点があるとしたら、少し面倒くさいぐらいだ。ティーバッグみたいに簡単だったらよかったけど、そうもいかない。


お店に出す紅茶は、クリフの紹介とミレーヌさんのおかげで、安く購入できるようになった。流石、領主様と商業ギルドのギルドマスターというべきか、こういうときは、権力を持つ知り合いがいると助かるよね。

ケーキ売り場は、パンが並んでいる売り場を広げることにした。このあたりはミレーヌさんとティルミナさんとモリンさんが相談して決めた。

いよいよケーキを販売する当日、モリンさんのパン目当てでお客様がやってくる。それと同時にケーキ目当てでやってくるお客様もいる。ケーキの発売日が決まった数日前から、パンを買いに来てくれたお客様にひと口サイズのケーキを試食してもらっていたのだ。まあ、練習で作ったケーキの処分ともいう。その試食のおかげもあってケーキは順調に売れていく。

紅茶は、ケーキと一緒に注文すると、単品よりも少しだけ安くなる設定になっている。だから、セットで注文してくれるお客様が多い。もちろん、牛乳や果汁の注文もできる。

さらに付け合わせに塩がかかったポテトチップスも用意した。ケーキにポテトチップスの組み合わせ。最強の組み合わせだけど、考えただけで太りそうだ。食べてもらってなんぼの商売だけど、食べ過ぎ注意のポスターでも作ったほうがいいかな？

まあそれは、ミレーヌさんみたいに何個も食べるお客様が現れたら、そのときに考えることにする。

価格は、ティルミナさんが、材料費と作るのにかかる時間などから算出してくれた。金額的には普通の人でも十分に購入できるものになっている。でも、パン一つの金額よりは高い。

儲《もう》けが出なければ、商売する意味はないからね。

ケーキの販売状況も好調で、無事に完売する。とりあえず、今日は追加で作ることはしなかった。徐々に様子を見ながら増やしていくつもりだ。そのあたりは、ネリン、モリンさん、ティルミナさんが話し合って決める。

「疲れた～」

ネリンは椅子に寄りかかる。

「どうだった？　自分が作ったケーキが売れていくのを見るのは」

「もちろん嬉しいよ。わたしが作ったケーキを笑顔で美味しいって言ってくれている姿を見ると、わたしも嬉しくなって、明日も頑張ろうって思えるよ」

「紅茶の評判もよかったみたいだね」

「紅茶は大変でした。注文が入るたびに淹れるから」

美味しい紅茶の作りおきはできないからしかたない。

「今度、子供たちにも教えてあげれば楽になるよ」

「ネリンお姉ちゃん。わたし覚えるよ」

「僕も」

「ううっ、みんなよい子だよ」

ネリンは子供たちを抱き締める。それはわたしもそう思う。子供たちはよい子すぎる。

「ネリンもみんなも明日の準備をするよ」

休んでいるわたしたちにカリンさんが声をかける。カリンさんの言葉に子供たちは元気よく返事をして動きだす。

「若いって凄《すご》いね」

元気よく働きだす子供たちを見て、ネリンがしみじみと言う。

「ネリンは15歳だよね」

「子供たちを見ていると、わたしも年かなと思って」

「それじゃ、わたしはお婆《ばあ》ちゃんだね？」

「モリン叔母さん!?」

話を聞いていたモリンさんがネリンの年寄り発言に反応したのか、ネリンを軽く睨《にら》んでいる。

「いえ、モリン叔母さんは若いです！　お婆ちゃんなんて、とんでもないです」

大きく手を左右に振って、一生懸命に否定をするネリン。

「わたしが若いなら、ネリンはもっと若いってことになるね」

「それは……」

「そんな若いネリンは、子供たちに働かせて何もしないつもりかい？」

「すぐに明日の準備をします！」

モリンさんの言葉に、ネリンは慌てて動きだす。

そんな様子をモリンさんは、微笑ましく見ている。

「あれでも、真面目な子だから、大目に見てやってね」

「子供たちと仲良く仕事をしてくれれば問題はないですよ。それにモリンさんがそのあたりは見ててくれるんでしょう?」

「しっかり、教育するよ」

モリンさんはそう言うと、自分も仕事に向かっていく。

171　クマさん、王都にミスリルナイフを取りにいく

新商品のケーキの販売も順調だ。ネリンも頑張っている。ようやくお店が落ち着いてきたので、王都に行くことにする。

そろそろガザルさんに頼んでいたミスリルナイフを取りにいかないといけない。頼んでからかなりの日数が過ぎてしまった。ちなみにシュリのミスリルナイフはゴルドさんから受け取って、いつでも使えるようにクマハウスの倉庫に置いてある。

王都に行くので、フローラ様にケーキを持っていくことにする。一人で行くのも寂しいので、また、フィナを誘うことにした。今回は日帰りの予定なので、ティルミナさんの許可も必要はない。でもフィナに、「その、今回は遠慮します」と断られてしまった。

用事があるなら違う日にしようとするが、用事はないと言う。

もしかして、フィナに拒絶されたのは初めてかもしれない。なんだろう。この胸に突き刺さる痛みは。飼い犬に近寄ったら、逃げられたような悲愴感《ひそうかん》は。涙が出そうだ。

「ユナお姉ちゃん？」

「わたし、フィナに嫌われるようなことした？」

「ち、違うよ。わたし、ユナお姉ちゃんを嫌ってなんていないよ」

「それじゃなんで？」

わたしの言葉を否定するが、今まで誘っても用事がない限り断られたことはない。

もしかして、クマの格好をしたわたしと一緒に歩くのが恥ずかしい年頃になってしまったのかもしれない。

「ユナお姉ちゃん。違うから、落ち着いて」

フィナは一生懸命に否定する。フィナは今回は一緒に行きたくない理由を話してくれる。

王都に行くのはいいけど、前回の件があるから、しばらくはお城には行きたくないそうだ。

「別にあの国王なら気にしないと思うよ。それにもし文句を言ってきたら、わたしが張り倒してあげるよ」

シャドウボクシングの真似をして、シュシュッとクマパンチをしてみせる。

くまパンチ、クマパンチ、熊パンチ、ベアーパンチを国王に喰《く》らわせてあげよう。

「そんなことをしたら、ユナお姉ちゃんが捕まっちゃうよ」

「それじゃ、気づかれないように殴るよ」

遠くから空気弾を放つ方法もある。

「ユナお姉ちゃん！」

「冗談だよ」

まあ、実際にフィナになにかしたら、国王でも冗談じゃなくなるけどね。

そんなわけで今回は一人で寂しくクマの転移門を使って王都にやってきた。まずはガザルさんのところだ。いい加減ナイフを取りにいかないと怒られてしまう。

わたしは王都のクマハウスを出ると、クマさんフードを深く被《かぶ》り、速歩きでガザルさんの鍛冶屋《かじや》に向かう。

王都ではクリモニアと違って、相変わらず多くの視線と「クマ」って単語を聞くことになる。クマの格好が珍しいのはしかたないけど、人口も多いから、その分の視線と言葉を受けることになる。わたしは人通りの多い道を避けて歩いた。


「ごめんくださーい」

鍛冶屋の中に入って叫ぶと、奥からガザルさんがやってくる。

「やっと来たか」

わたしの顔を見るなり言われてしまった。

「ごめん。ちょっといろいろとあって」

「冗談だ。クリモニアから来たんだろう。代金はすでにもらっておる。好きなときに来ればいい」

ガザルさんは、遠いところから来たんだからしかたない的な顔をする。

うん、ごめんね。実際はケーキ作りをしたり、昼寝をしたり、くまゆるとくまきゅうと遊んだりしてた。取りに来ようと思えば、クマの転移門ですぐに取りに来られたんだよ。

本音を言えば、面倒だから、後回しにしていただけだ。でも、そんなことをガザルさんに言えるわけがない。

「だが、冒険者なら一日でも早く取りにくることを勧める。いざってときになかったら死ぬかもしれん」

ガザルさんの言うことは正しい。もし、魔法が効かない相手が出てきたら、頼れるのは武器だけになる。そのときに、ミスリルのナイフがあれば対処のしようがあるかもしれない。

「それで、2つともできているの？」

「あたりまえだろう。あれから何日過ぎたと思っているんだ」

ガザルさんは布に包んだ包みを2つ渡してくれる。

その一つの布をほどくと綺麗《きれい》な鞘《さや》に入ったナイフが現れる。柄《つか》の部分は黒く綺麗だ。柄の部分をよく見ると。

「クマ？」

まるで紋章のように、柄にクマの顔が彫られていた。

「いい、出来だろう」

ガザルさんが少しドヤ顔する。

「これ、ガザルさんが彫ったの？」

「彫るつもりはなかったんだが、おまえさんが全然取りにこないから、暇だったんで彫っただけだ」

「その、ごめん」

面倒だからって取りにこなくてゴメンなさい。心の中で謝罪する。

「それよりも抜いてみろ」

ガザルさんに言われるがまま鞘からナイフを抜く。綺麗な刃だ。刃を翳《かざ》すと窓から入ってくる太陽の光で反射をするほど研ぎすまされている。

「握りはどうだ。一応、今持っている黒いのが右手。黒いクマのほうに持たせてくれ」

「黒いほう？」

「もう片方は白い柄になっている。そっちは左手の白いクマ用だ。色が違えば分かりやすいじゃろう」

わたしはもう一つの布に巻かれたナイフを取り出す。布の中から出てきたのは白い柄の綺麗なナイフだった。こっちの柄にも、ちゃんとクマの顔が彫られている。

「もしかして、左右別々に作ってくれたの？」

ゲーム内で武器の利き手とか聞いたことはない。でも、包丁などにはちゃんと左利き用とかが存在する。刃には微妙な角度の差があると聞いたことがある。たぶんそれと同じで、このナイフの刃は右と左とでは違っているんだと思う。

「両手に持って戦うと言っていたからな。左右の手に合わせ、握りやすいようにしてある。だからといって、反対の手で使えないわけじゃないがな」

「それじゃ、ちょっとミスリルナイフの斬れ味を確かめてもいい？」

「ああ、どこか変だったら言ってくれ。すぐに直せる箇所なら今直す」

わたしはお店の外に出ると、クマボックスから、アイアンゴーレムを取り出す。

「まさか、アイアンゴーレムで試し斬りをするつもりか？」

「試し斬りにはちょうどいいでしょう」

それにジェイドさんやセニアさんのミスリルナイフと比べることができる。

それじゃ、斬れ味を確かめさせてもらおうかな。

「ナイフに魔力を流せばいいんだよね」

「ああ、それで斬れ味が変わる。斬れ味はおまえさんの魔力しだいじゃな」

「それって、斬れなかったらわたしの魔力のせいってこと？」

「それじゃ、斬れなかったら、わしが作ったナイフが悪いと言うんじゃな？」

そう言われたら、何も言えなくなる。まあ、確かめてみればいいだけだ。斬れなかったら、そのときに考えよう。

わたしは両手のクマさんパペットの口にナイフを咥《くわ》えさせる。ゲーム時代を思い出す。短刀も少なからず使ったことがある。ナイフは軽いため、素早い動きはできるが、攻撃力がなかったのが難点だった。でも、投げることもできるし、動作も小さく済む。敵によっては活躍する武器だ。

わたしはミスリルナイフを握りしめると、魔法を使う要領でクマさんパペットに魔力を集める。そして、アイアンゴーレムの右腕に向かって、右、左と順にナイフを振るう。すると、抵抗もなく、アイアンゴーレムの右腕が2つに分かれて地面に落ちる。

「おお、凄《すご》い！　ガザルさん、凄いよ。アイアンゴーレムの腕が簡単に斬れたよ」

ちょっと、感動だ。

「凄いのはお嬢ちゃんだよ。いくらミスリルナイフでも、鉄をそんなに簡単に斬れないぞ」

ガザルさんは褒めてくれる。

「ガザルさんの作ったナイフが凄いんじゃない？」

わたしはアイアンゴーレムから少し距離をとる。そして、アイアンゴーレムに向かって駆け出し、すれ違いざまに数度斬る。わたしが通り過ぎるとアイアンゴーレムが数分割される。なんか、忍者になった気分だ。クマ装備を使えば忍びにもなれそうだね。着ぐるみだから、目立つのが難点だけど。

「凄いな。何度斬ったか見えなかったぞ」

ガザルさんは、分断されたアイアンゴーレムに近寄り、斬った断面を見る。そして、わたしのほうに近寄ってくる。

「ナイフを見せてみろ」

わたしは言われるままにナイフを渡す。ガザルさんは空に向けてナイフを翳す。

「鉄を斬ったのに、刃こぼれ一つない。これがおまえさんの実力の証明じゃ。剣筋もいい、魔力の流れもいい。ゴルドが優秀な冒険者だって言うわけだ。おまえさんは、人は見た目で判断してはダメだという典型のような人物だな」

わたしはナイフを返してもらい、クマボックスの中にしまう。いい買い物ができて満足だ。

このナイフでアイアンゴーレムと戦いたかったね。実戦で斬れるかどうか試したかった。練習で斬ったアイアンゴーレムと、魔石の魔力で硬くなっているアイアンゴーレムは別物だっていう。こんなにいい武器が手に入ったのに斬る相手がいないのは残念だ。

「それにしても、もったいないことをするな」

ガザルさんは崩れたアイアンゴーレムを見ながら言う。

「鉄を斬るなら、鉄の棒でもいいだろうに」

アイアンゴーレムで試し斬りをしたかっただけだ。

「そういえば、プレゼントしたアイアンゴーレムは飾ってくれているんだね」

「意外とお客に好評じゃゃ。あれだけ状態の良いアイアンゴーレムは、みんな見たことがないからな。物珍しさに見ていく。まあ、それで売上げが増えたりはしないが、よい宣伝にはなっておる」

邪魔になったら処分するとは言われたけど、残っている姿を見ると嬉《うれ》しいね。

それから、余ったミスリルを受け取り、鉄はガザルさんに引き取ってもらう。

「それじゃ、ありがとうね」

「待て。店の外にある残骸をそのままにして帰るつもりか？」

ガザルさんは分断されたアイアンゴーレムを指差す。クマボックスにしまうのが面倒だったから、放置して立ち去ろうとしたんだけど、逃げることができなかった。

わたしはアイアンゴーレムの残骸を片付けようとした瞬間、いいことを思いついた。

「え〜と、片付けるのが面倒なので……あげます」

「こんなバカなことを言いだすヤツは見たことがないぞ。いくら斬ったからといっても鉄だぞ。これだけあれば武器や道具がどれだけ作れると思っているんだ」

「そんなことを言われても。こんな分断された鉄を持っていても使わないし」

「売ればよかろう。かなりのお金になるぞ」

鉄クズを見る。細かくしすぎた。クマボックスにしまうのも、出すのも面倒だ。

「やっぱりいいよ。面倒だし」

「ったく、分かった。わしが買い取ってやる。でも、高くは買い取れんぞ」

「そうだ。このミスリルナイフの柄にクマを彫ってくれたお礼ってことでいいよ」

「そうはいかん。嬢ちゃんからはもらいすぎだ。それに今後も対等におまえさんと付き合いたいからな」

そこまで言われたら受け取るしかない。

わたしはガザルさんからお金を受け取る。

「それと約束した師匠への紹介状だ。地図も一緒に描いておいた。道順どおりに行けば迷わないはずだ」

「ありがとう。今度行ってみるよ」

「そのときは師匠によろしくと言っておいてくれ」

今度こそわたしはガザルさんにお礼を言って、お店を後にする。

172 クマさん、フローラ姫のところに行く

ガザルさんからミスリルナイフを受け取ったわたしはお城までやってくる。

ギルドカードの入城許可書があるにもかかわらず、顔パス、ならぬクマパスで城の中に入る。それと同時に別の門兵が駆けだす。うん、いつもと同じ光景だ。

このギルドカードに押されている入城許可証の印の意味がないね。ちなみに魔力を流さないと入場許可証の印は見ることができない。使用するときがあるとすれば、わたしのことを知らない門兵のときか、わたしが着ぐるみを脱いだときかな。脱いだら脱いだで、別の問題が起こりそうだけど。


わたしはお城の中をクマの着ぐるみの格好で歩いている。普通、こんなクマの着ぐるみ姿で城の中を歩いている人がいたら、間違いなく通報レベルだ。日本でいえば皇居の中を着ぐるみで歩いているようなものだ。でも、すれ違う人は叫ぶようなことはしない。

目の前に一人の女性がいる。わたしは一応、軽く頭を下げて通り過ぎようとした。でも、女性はわたしに気づくと、近づいてくる。

なに？　許可ならもらっているよ。

「その、絵本、ありがとうございました。子供と楽しく読んでます」

それだけ言うと、頭を下げて去っていく。なんのことかと思えば絵本か。そういえば忘れていたけど、お城限定で絵本を配ったんだっけ。

でも、わたしが描いたってことが広まっているの？

う～ん、わたしが描いたことは黙っててとエレローラさんに言ったのに。これはエレローラさんに抗議しないとダメだね。

フローラ様の部屋に着くまでに同様なことが起こり、今度は握手さえ求められる。

「次の絵本、子供と楽しみに待っています」

もしかして、わたしの職業、絵本作家になってる？

イヤイヤ、わたしは絵本作家じゃないよ。次回もなにも、今のところ描く予定はない。

エレローラさんにちゃんと言って、これ以上広がらないようにしてもらわないとダメだね。でも、どうして作者名も書いていないのに、わたしが描いたって分かったんだろう。

考えごとをしていると、フローラ様の部屋に到着する。ドアをノックすると部屋の中からアンジュさんの声がしてドアが開く。

「あっ、ユナ様、いらっしゃいませ」

アンジュさんはフローラ様のお世話役の人だ。乳母もしていたので、フローラ様のことを娘のように可愛《かわい》がっている。

「アンジュさん、こんにちは。フローラ様はいますか？」

「はい、いらっしゃいます」

部屋の中に入ってフローラ様に挨拶《あいさつ》をしようと思ったら、アンジュさんの後ろから、フローラ様が顔を出した。

「くまさん！」

わたしを見たフローラ様は満面の笑みを浮かべ、お腹《なか》に抱きついてくる。

「フローラ様、こんにちは」

「くまさん、こんにちは」

フローラ様はちゃんと返事をしてくれる。とてもあの国王の血が繋《つな》がっているとは思えない可愛さだね。ああ、王妃様に似たんだ。将来、王妃様に似て美人さんになるね。

「それではユナ様。お部屋の中に、どうぞお入りください」

アンジュさんの誘いを受けて部屋の中に入ろうとしたが歩みを止める。

「ユナ様？」

「くまさん？」

いきなり、歩みを止めたわたしに声をかける2人。

「フローラ様。今日は天気もいいから、庭園に行きませんか？」

ここにいると絶対に国王が来る。それを避ける方法を思いついた。わたしは過去に何度もフローラ様の部屋を訪れては、毎回フローラ様の部屋でなにかしら食べた。ならば、今回も国王はフローラ様の部屋にわたしがいると思っているはず。

なら、簡単なことだ。食べる場所を変えればいい。

フィナが国王やエレローラさんのせいでダメージを喰らったんだから、少しぐらい仕返しをしないとね。

「そうですね。フローラ様、今日はいい天気ですから、庭園に行きましょうか？」

「くまさんがいくならいく」

アンジュさんはわたしの考えを疑うこともなく同意して、フローラ様はわたしの真っ黒い作戦を笑顔で了承してくれた。その2人の笑顔を見て、少し罪悪感が生まれる。

でも、2人から了承を得たので『国王、フローラ様の部屋に行くが誰もいない作戦』を決行する。

国王とエレローラさんがフローラ様の部屋に行っても誰もいなくて、2人の困る顔が目に浮かぶ。

「ユナ様、どうかしましたか？」

わたしの変化に気づいたのか、アンジュさんが声をかけてくる。ヤバイ、頬《ほお》が緩んでいたようだ。

「なんでもないよ」

「そうですか？　それではユナ様。わたしはお茶の用意をしますので、フローラ様をお願いしても、よろしいですか？」

わたしが了承すると、アンジュさんは頭を小さく下げてお茶の準備をしに向かう。

「それじゃ、フローラ様、庭園に行こうか」

フローラ様にクマさんパペットを伸ばすと、フローラ様は小さな手で握ってくれる。わたしとフローラ様は手を繋いで、庭園に向かう。

できれば庭園に向かう間も誰にも見つからないのが理想だが、3人ほどの人とすれ違ってしまった。あの3人から庭園に向かったわたしたちの情報が国王の耳に入らないことを祈る。

庭園に到着すると、綺麗《きれい》な色とりどりの花が咲いている。流石《さすが》、王宮の庭園だ。前にも見たけど綺麗な場所だ。お茶をするにはよい場所だ。でも、こんな綺麗な庭園も、お城にいる関係者しか見られないんだよね。そう考えるともったいない。でも、庭園を独り占めでなく、2人占めできるんだから、今日は感謝をしよう。

もし、観光地なら人が溢《あふ》れて、落ち着いて花なんて見られないものだ。

フローラ様を見ると嬉《うれ》しそうに花を見ている。お姫様とお花は似合う組み合わせだけど、クマの着ぐるみと花って似合わないね。想像しても笑いが起きるだけだ。

わたしはフローラ様の手を取り、庭園の中央に向かう。

庭園の中央には、円形のテーブルと、それを囲むように椅子が置かれ、おしゃべりをしたり、軽く食事をしたりできるようになっている場所がある。雨が降っても濡《ぬ》れないようにテーブルの上には屋根もしっかりついて、花を楽しむ場所が設けられている。屋根もあるから陽射《ひざ》しも防いでくれるので、ケーキを食べるにはよい場所だ。

そう思って庭園の中央に到着すると、先客がいた。

「あら、ユナちゃんにフローラ。こんなところにどうしたの？」

王妃様が一人で椅子に座り、庭園を眺めていた。王妃様が一人でいていいの？　お城の中だから、いいのかな？

「今日はフローラ様の部屋ではなく、ここでお茶をしようと思ったんですが、お邪魔でしたか？」

「そんなことはないわよ。わたしも一緒に頂いてもいいかしら？」

断ることではないので了承するが、王妃様に勝手に食べ物を渡してもいいのかな。すでにフローラ様にいろんな食べ物をあげている時点で、今更だと気づく。

「くまさん、きょうはなにをたべるの？」

フローラ様は王妃様の右隣の椅子に座ると尋ねてくる。

すっかり、わたしが来ると食べ物を連想してしまっている。まあ、来るたびに食べ物を持ってきているからしかたないけど。まるで、ひな鳥に餌《え》づけをしてしまったようだ。

「甘くて美味《おい》しいものですよ。でも、少し待ってくださいね」

円形のテーブルには4つの椅子が置かれている。わたしはケーキを出す前に残りの椅子に誰も座れないように細工する。

フローラ様の隣の椅子には子熊化したくまゆるを召喚して座らせる。さらに隣の椅子には子熊化したくまきゅうを召喚して座らせる。

これで、国王が来ても座ることができない。あとは、わたしがくまきゅうを抱きかかえて座ればOKだ。

完璧な作戦だ。だが、その作戦は一瞬で崩壊する。

「ちいさいくまさんだ～」

フローラ様は椅子から飛び降りて、隣の椅子に座っているくまゆるに抱きつく。そして、くまゆるを引っ張って椅子から下ろしてしまう。この状況は考えていなかった。

「あら、可愛いわね」

さらに、王妃様も立ち上がり、くまきゅうを抱きかかえてしまう。

流石にフローラ様と王妃様にダメですとは言えず、椅子に空席ができてしまった。

「くまさん。このこ、おおきいくまさんのこども？」

そういえば、フローラ様は小さいくまゆるとくまきゅうを見るのは初めてだっけ？

「違うよ。大きいクマさんを小さくしたんだよ」

「すごい」

フローラ様はくまゆるに抱きつく。なんか、ケーキどころじゃなくなってしまった。まあ、フローラ様が楽しそうにしているからいいんだけど。

フローラ様は庭園の中をくまゆると走り回る。転びそうで怖いんだけど。でも、王妃様はその様子をくまきゅうを抱きながら見ている。

「フワフワで気持ちいいわね」

くまきゅうは王妃様の腕の中で気持ちよさそうにしている。わたしは手持ちぶさたになり、少し寂しい気持ちになる。

「それにしても、ユナちゃんの召喚獣は可愛いわね。わたしも欲しいわ」

「あげませんよ」

「あら、残念」

王妃様はくまきゅうをさらに強く抱きしめる。くまきゅうが苦しそうだから、やめてあげて。

フローラ様がくまゆると遊んでいる姿をしばらく見ていると、アンジュさんがやってきた。そこにはアンジュさんだけでなく、ここにいるはずがない2人の姿もあった。

「今日はここで食うのか？」

「ユナちゃん、今日はなにかな？」

アンジュさんと一緒に国王、エレローラさんがいる。いつものメンバーが揃《そろ》ってしまった。『国王、フローラ様の部屋に行くが誰もいない作戦』が見事に失敗した瞬間であった。

「どうしてここに？」

なんとなく分かるが、聞かずにはいられなかった。

「ああ、おまえさんが来たと報告を受けたから、仕事を放り出してフローラの部屋に行こうとしたら、途中でアンジュに会って。そしたら今日はここでお茶をすると聞いてな」

どこからつっこんだらいいのかな。

とりあえず、仕事を放り出すな！　と言いたい。

「それでユナ。娘のフローラと一緒にいるあのクマはなんだ」

国王が子熊化したくまゆると遊ぶフローラ様を見て尋ねる。

「わたしの召喚獣のくまゆるだよ。前に見せたよね」

「くまゆるって、大きさが違うぞ」

「ふふ、ユナちゃんのクマは小さくできるのよね」

エレローラさんには学生たちの護衛をしたときに教えているので驚きはない。

「くまゆる、おいで」

くまゆるを呼ぶとわたしのほうに走ってくる。それを追いかけるようにフローラ様がついてくる。

「あのクマがこんなに小さくなるのか」

わたしのところにやってきたくまゆるを国王が抱きかかえる。

「おお、柔らかいな」

「おとうしゃま、とっちゃだめ」

フローラ様は国王の足に抱きついて、抗議をする。

とっちゃダメって、くまゆるはわたしの家族だからね。

「ああ、重いから気をつけろよ」

国王はくまゆるをフローラ様に持たせてあげる。フローラ様のほうが大きいとはいえ、くまゆるを抱きかかえることができずに尻餅《しりもち》をついてしまうが、嬉しそうにくまゆるに抱きつく。

ちゃんと返してくれるよね。

くまゆるを引き離したら、フローラ様が泣く未来図しか思い浮かばない。

うぅ、どうすれば……。

173　クマさん、王族とケーキを食べる

結局、『国王、フローラ様の部屋に行くが誰もいない作戦』は失敗して全員が揃《そろ》ってしまった。

そして、アンジュさんがやったと思うけど、知らないうちに椅子が一つ増えて5つになっている。行動が早い。すでに椅子にはくまきゅうを抱いている王妃様、仕事を放り出した国王、いつもなにをしているか分からないエレローラさんが座っている。

「フローラ様もくまゆるを離して、椅子に座りませんか？」

くまゆるを返してもらうために第一アプローチを仕掛けてみる。

「やだ」

フローラ様はくまゆるを抱き締める。くまゆるはフローラ様の腕の中で困っている。救い出したいけど、無理やりくまゆると引き離すと泣くよね。

「フローラ様、美味《おい》しい物がありますから、食べませんか？　くまゆるを抱いていると食べられませんよ」

「おいちいもの？」

「美味しいですよ。それにくまゆるも疲れてますから休ませてほしいって言ってますよ」

わたしがくまゆるに目で合図を送ると、くまゆるは疲れたように「くぅ～ん」と小さく鳴く。

演技力に定評があるくまゆるたちだ。過去にその演技力でノアを騙《だま》したり、ミリーラの町の宿を襲ってきた悪人を人食いクマ役で脅かしたりした。そのくまゆるの疲れた演技を見たフローラ様は悩んで静かに離してくれる。

「くまゆる、ゴメンね。また、あそぼうね」

「くぅ～ん」

うん、やさしい子だね。くまゆるは演技ではなく、本当に嬉《うれ》しそうに鳴く。フローラ様と離れたくまゆるはわたしのところにやってくる。

フローラ様と遊んでくれたくまゆるの頭を労《ねぎら》うように撫《な》でてあげる。そして、フローラ様の気持ちが変わらないうちにくまゆるを送還しておく。

消えるくまゆるを見て、少し悲しい顔をするが、フローラ様はちゃんと椅子に座ってくれる。

今度はシェリーに頼んでくまゆるとくまきゅうのぬいぐるみでも作ってもらおうかな。フローラ様にプレゼントすれば喜んでもらえるよね。

次いで、くまゆるの相棒のくまきゅうを見る。くまきゅうは大人しく王妃様に抱き締められている。王妃様はくまきゅうを離してくれる様子がない。

娘さんはちゃんと返してくれましたよ。ちゃんとくまきゅうを返してくださいね。わたしの無言のアピールにも反応がなく、膝の上でくまきゅうを撫でている。その様子を羨《うらや》ましそうに見ているフローラ様がいる。

このままだと、くまきゅう争奪戦が始まりそうなので、くまきゅうの回収は後で考えることにして、ケーキの準備をする。わたしはクマボックスから、イチゴのショートケーキのホールを出す。

「イチゴだ〜」

フローラ様の視線がくまきゅうからケーキに移る。これで、争奪戦は回避できそうだ。

「なんだ、これは？」

「前に食べた、パンケーキに近いかな」

「ああ、あれか。あれは美味《うま》かったな」

わたしはお皿とフォークを人数分、クマボックスから取り出して、ケーキを切り分ける。

わたしがケーキの準備を始めると、反対側にいるアンジュさんが紅茶の準備をしている。

「中にもイチゴが入っているのね」

「イチゴすき」

「美味しそうね」

全員にケーキが行き渡り、アンジュさんが紅茶を配り終わる。フローラ様にはミルクが注がれている。

「くまさん、たべていい？」

フローラ様がフォークを握りしめて、ちゃんと待っている。国王？　王妃様？　わたしは少し考え、アンジュさんの教育だと理解する。

「うん、いいよ」

わたしがそう言うと、嬉しそうにフォークをケーキに刺して食べ始める。

「おいちい」

ほっぺにクリームをつけながら満面の笑みを浮かべる。その様子を見た他のみんなも食べ始める。

「本当に美味しいわね」

「ああ、でも、少し甘さがしつこいかな」

「そう？　ちょうどよい甘さだと思うけど」

わたしはケーキは食べずにアンジュさんが淹《い》れてくれた紅茶を飲む。クリフのところで飲んだ紅茶同様に美味しい。国王が飲む紅茶だ。きっとこの茶葉も高級品なんだろうね。今さらだけど、これまでお城で出されていた飲み物は高級品だったんだろうね。ちゃんと味わって飲まないともったいない。

「このお菓子ってユナちゃんが作ったの？」

「まあ、一応」

「いつも思うが、本当に謎の多いクマだな」

そう言いながら国王はケーキを食べる。

「美味しい食べ物を作ってくるわ、クマの召喚獣はいるわ、クマの格好をしているわ、とても強い魔物を倒す冒険者には見えないな」

まあ異世界人で、神様に連れてこられ、クマさん装備やクマさんスキルをもらったからね。

「そうだ。今回は鉱山の件でも世話になったそうだな。感謝する」

エレローラさんに話を聞いたのか、知っていたみたいだ。

「仕事だからね」

わたしもミスリルが欲しかったから、問題はない。

それに、ミスリルゴーレムも手に入ったし、ラッキーだった。

「どうもおまえさんを見ていると、そんなに強い冒険者には見えないんだがな。今度うちの騎士や魔法使いと手合わせしてみるか？」

「丁重にお断りさせてもらいます」

誰がそんな面倒なことを引き受けるか。試合をしてもわたしにメリットがない。下手に勝とうものなら、面子《メンツ》を潰《つぶ》された騎士や魔法使いに恨まれることになりかねない。人の嫉《しっ》妬《と》や恨みほど怖いものはない。余計な恨みを買う必要はない。

「そうか。残念だな」

「くまさん、つよいの？」

フローラ様がほっぺにクリームをつけながら尋ねてくる。

「わたしより、フローラ様のお父さんのほうが強いよ」

主に権力とか、財力とか、人脈とか諸々《もろもろ》にね。それらも強さの一つだ。

「おとうしゃま、つよい！」

ほっぺのクリームをアンジュさんが拭《ふ》き取る。

「おまえな……」

国王が呆《あき》れ顔でこちらを見るがスルーする。全員から笑いが起こる。

ケーキは好評のようで、フローラ様はくまゆると別れた悲しい顔から、無事に笑顔に戻っている。

くまきゅうのほうを見ると、未《いま》だに王妃様が膝の上で抱いている。一向にくまきゅうを救い出すタイミングがない。そんなくまきゅうが寂しそうな顔でわたしを見る。

くまきゅう、そんな目でわたしを見ないで。ちゃんと助け出してあげるから。

「ユナ、おまえは食べないのか？」

紅茶しか飲んでいないわたしに国王が尋ねてくる。

「試食でたくさん食べたからね」

流石《さすが》に飽きてきた。美味しい食べ物も毎日食べれば飽きる。美人も3日見れば飽きるって言うしね。

「ユナ様、少しよろしいでしょうか」

紅茶を飲みながら、みんなの表情を見ているとアンジュさんが声をかけてきた。

「なに？」

「このケーキは料理長の分はあるのでしょうか？」

「料理長って、ゼレフさん？」

　このお城の料理長はゼレフさんという。前にプリンのレシピを渡したら、感謝された。

「実は先ほどお茶の準備をしに行ったときに料理長にお会いしまして。そのときに、ユナ様が来たことをお伝えしたところ、その、楽しみにしているご様子だったので」

　言いにくそうに説明をしてくれる。何度かプリン同様にフローラ様に喜んでもらえればと思い、食べ物とレシピを渡したことがある。

　わたしは新しくお皿を2枚用意すると、ケーキをお皿にのせる。

「ゼレフさんに渡してあげて。あと、アンジュさんも後で食べて」

　アンジュさんはフローラ様と3人だけのときは一緒に食べてくれるが、国王がいるときは立場を考えて一緒に食べることはあまりない。

「よろしいのですか？」

「今度来るときに感想を聞かせてね」

「ありがとうございます」

　嬉しそうに受け取ってくれる。受け取ったケーキは台車の上にのせる。

「アンジュ、ここはいいから、ゼレフに届けてやれ」

「よろしいのですか?」

「ああ、あいつがユナの料理を楽しみにしているのは知っているからな。それから、おまえも一緒に食べてくるがいい」

「ありがとうございます。では、届けてきます」

アンジュさんは頭を下げて、庭園から出ていく。

「まあ、許してやってくれ、あいつもユナの料理を楽しみにしている一人だからな」

「いつも料理の準備をしているはずなのに、わたしが連絡もせずに来て、ゼレフさんの邪魔をしちゃっているからね。そのぐらい気にしないよ」

以前は、王族の食事を作ることは名誉なことで、料理長のゼレフさんの代わりに食べ物を持ってくるのをいい顔はされなかった。でも、プリンを作ったのがわたしだと知ると何も言わなくなったそうだ。それから、たまに食べ物をゼレフさんに届けている。

前回、わたしが鉱山に行ってるときも、エレローラさんとフィナがお城に行くというので、新作のパンを持っていってもらっている。


アンジュさんが庭園から出ていってしばらくすると、フローラ様のお皿の上のケーキがなくなり、ホールケーキを見ているフローラ様に気づいた。なので、わたしは空《から》になったフローラ様のお皿に新しくケーキを切り分けてのせてあげる。

「くまさん、ありがとう」

「さっき、ちゃんとくまゆると別れることができたご褒美ですよ」

隣にはくまきゅうを離してくれない人がいますからね。

今度は違うケーキを作って持ってきてあげようかな。フルーツケーキとかチーズケーキなら作れるかもしれない。

「ユナちゃん。わたしもいいかな？」

エレローラさんがお皿を静かに出す。太っても責任は持たないよ。

「ユナ、俺も頼む」

「わたしもお願いね」

エレローラさん、国王、王妃様の分もケーキをお皿の上にのせてあげる。なんか、アンジュさんがいないから、わたしがメイドさんになっている。

みんなの紅茶の入ったカップが空になっていたので、ララさんに教わった紅茶の淹れ方で、みんなに紅茶を淹れてあげる。まさか、こんなところで役に立つとは思わなかったね。

わたしが淹れた紅茶を飲んだ国王が口を開く。

「なんだ、おまえは紅茶も淹れることができるのか？」

「淹れ方が上手ね」

王妃様からもお褒めの言葉をもらう。

「クリフのところのメイドさんに教わったからね」

「もしかして、ララから？」

「うん、お店でケーキを出すことになったときに、紅茶を出したかったから、教わったの」

「なんだ。これをお店に出すのか？」

「材料もあるし、作り方が分かれば誰でも作れるし。お店で作れば食べたいときに、いつでも食べられるからね」

自分で作らないで済む。

「それじゃ、お店に行けばいつでもケーキが食べられるのよね。わたし、クリモニアに帰ろうかしら」

「毎日食べたら、太りますよ」

「それ以前に、俺がクリモニアに帰ることは許さんから大丈夫だ」

「酷《ひど》い、みんなが苛《いじ》める」

そんな感じでケーキを楽しんでいると、庭園の奥から重めの走る足音が聞こえてくる。視線を向けると、このお城の料理長のゼレフさんが走ってくる姿があった。

ゼレフさんは脂肪がついた小太りのオジサンだ。見た目はあれだが、お城の料理長で、王族の料理を任されるほどに信用されている人だ。

そんな人が息を切らせて走ってきた。

174　クマさん、王都にお店を出す？

走る速度は遅いが、息を切らせて料理長のゼレフさんが庭園にやってきた。その後ろから歩いてくるアンジュさんの姿もある。なぜか、移動速度が同じだ。走っている人と歩いている人の速度が同じって初めて見たよ。あれなら、歩いてもいいんじゃないかな？

「ゼレフ、どうした？」

庭園に現れたゼレフさんに国王が尋ねる。

「国王様、それに王妃様も、いらっしゃったのですか？」

「まあな、仕事の息抜きだ」

それも毎回ね。しかもこの人、仕事を放り出してきているんだよ。

いつも思うけど、注意する人はいないのかな。この手のタイプだと、宰相みたいな人が、国王の隣に立ってお小言を言ったり、国王の行動にいつも胃を痛めて、胃薬を飲んで苦労しているイメージなんだけど。まあ、そんな国王の行動に注意できる人がいれば、こんなに自由に行動していないよね。

「それでどうしたんだ。おまえさんが走るところなんて初めて見たぞ」

あれは走ったと言うのだろうか。歩くアンジュさんと同じ速度だったけど。そのアンジュさんは王妃様とフローラ様のところに移動してお世話をしている。

「お恥ずかしいところをお見せしました。先ほど、ユナ殿に頂いた食べ物が気になって、年がいもなく走ってしまいました」

頭を掻《か》きながら恥ずかしそうに答える。

年がいもなくって、見た感じ30代前半ってところだろう。それに走るのは年齢は関係ないと思う。逆に運動して、そのお腹《なか》を引っ込めたほうがいいと思うよ。

ゼレフさんはそんなわたしの内心のツッコミに気付かずわたしのほうを見る。

「ユナ殿。お久しぶりです」

「ゼレフさん、ゴメンね。いつもフローラ様たちのお昼とか準備しているところに邪魔しちゃって」

「確かに初めのころは、そう思ったこともありましたけど、今はユナ殿の料理を楽しみにしている一人でもあります。ユナ殿の料理には料理人として、刺激を受けます。料理には無限の広がりがあることに気づかせてくれますから」

そんな大袈裟《おおげさ》な。でも、異世界の料理だと、そんなことになっちゃうのかな?

「それで、ユナ殿。先ほど頂いた、パンケーキにのっている白いものはなんですか!?」

ゼレフさんは、わたしの目の前にやってきて問い詰めてくる。クマさんの服の耐熱効果のおかげで暑くはないはずなのに、暑苦しさを感じるから、そんなに近寄らないでほしい。

わたしは椅子を少し引いて答える。

「ホイップクリームだよ」

このセリフも何回目かな？　それ以外に説明のしようがないからしかたないけど。

「ホイップクリームですか。そんなものがあるのですね。ウムウム」

「まだあるけど。食べます？」

テーブルの上にはないけど、クマボックスの中にはまだホールでケーキがたくさん入っている。

「いただけるのであればぜひいただきたいです。ですが、ここに来たのは他の理由がありまして」

「なに？」

　ゼレフさんは言いにくそうにする。

「その、作り方を教えていただくことは可能でしょうか？　もちろん、他言はしません。料理人《ユナどの》が苦労して考えた製法です。レシピを聞くのは料理人として恥ずかしい行為であり、他人に教えるものでないことも分かっています。ですが……」

　ケーキ作りには少し苦労したけど、作り方はわたしが考えたわけじゃない。元からある製法を思い出しながら作っただけだ。混ぜる物は覚えていても分量を覚えていなかったため、少し苦労したぐらいだ。

「ゼレフ、ユナに調理方法は聞かないと約束をしたはずだぞ」

「ですが、料理人として、作り方の想像ができないこの食べ物はどうしても知りたいと、わたしの料理人としての魂が訴えてまして……」

「すでにユナからは、プリンやピザなどの作り方も教わっているだろう」

「そうですが……」

ゼレフさんは国王に叱《しか》られ、項垂《うなだ》れて声が小さくなる。

国王が言ったとおり、すでにゼレフさんにはいくつかレシピを教えているけど、管理がしっかりしているため、洩《も》れたという話は聞かない。だから、個人的にはゼレフさんに教えることは問題がないと思っている。

「別に教えても、いいよ」

「いいのですか!?」

わたしの言葉に喜ぶゼレフさん。

「ユナ、本当にいいのか？　毎回思うが、レシピは料理人にとって、大事なものなんだろう？　そんな大事なものを、他言しないと約束したとはいえ」

確かにどの世界でも料理人にとってレシピは大事かもしれない。人によっては命より大切と言う人もいるかもしれない。とくに代々引き継がれる家の秘伝の味ならそうなのかもしれない。

でも、この調理方法は普通に料理本やテレビ、ネットで公開されているものだ。別にわたしが生み出したわけじゃない。それに、わたしは料理人でもないし、この世界で料理人として生きるつもりもない。だから、レシピが大切かと問われれば、大切ではないと答える。ただ、教えることによって、クリモニアのお店に被害が出るようだったら避けたい。あそこには一生懸命に働いているわたしの仲間がいるからね。

でも、クリモニアから離れた場所で作られるなら、なにも問題はない。わざわざ、クリモニアから王都に食べに行くことはないだろうし。それに味で負けるつもりはない。

「普通は貴重なレシピは簡単には口外しないものなんですが」

「別にお金儲《かねもう》けを考えているわけじゃないからね。レシピが広まって、一人一人の料理人が基本になる料理に手を加えて、新しい料理が作られていくものだよ。レシピの秘匿《ひとく》は料理人にとって大切かもしれないけど、わたしは料理人じゃないからね」

別に元の世界の知識でお金稼ぎをするつもりはない。美味《おい》しい料理は広めるものだと思っている。わたしが教えた料理から新しい料理が作られることもある。そうやって、料理は進歩していくものだ。

もちろん、誰彼構わず教えるつもりはない。金儲けしか考えていない人や、悪い人には教えたくない。しっかり約束を守ってくれるゼレフさんだから教えてもいいと思っている。そして、ゼレフさんが信用できる料理人に教えていけばいい。

「料理人が聞いたら、困惑しますね」

「フローラ様に喜んでもらえれば、それでいいよ」

美味しそうにケーキを食べているフローラ様を見る。それだけで満足だ。

「でも、糖分が多いからケーキの作りすぎには注意してね。エレローラさんはいいけど。太ったフローラ様は見たくないから」

「ユナちゃん……」

エレローラさんがわたしを見るが気にしないでおく。

「もちろんです。王族の皆様の体調管理や栄養管理もわたしの仕事です。フローラ様が食べたいとおっしゃっても、お作りしないことを誓います」

「わたし、わがままはいわないよ～」

フローラ様が口を尖《とが》らせながら言う。

可愛《かわい》いね。


「ねえ、ユナちゃん。それなら、王都にもお店を出さない？　プリンもあるし、王都で一番人気のお店になるのも夢じゃないわよ」

「でも、プリンにしろケーキにしろ卵を大量に使うから、作っても値段が高くなるよ。うちは自分で作ってるから、大丈夫だけど」

プリンはもちろん、ケーキを作るにも卵を使う。

王都でも卵は売っている。でも、値段は高い。クリモニアの数倍の価格で売っている。そんな卵でケーキやプリンを作ったら、販売価格がとんでもないことになる。

「そのことなら大丈夫よ。近くに鳥を飼育している村がある。鳥を増やす指示を出して、徐々にだけど卵の生産が増えてきているわ」

なんでも、助成金を出して鳥を増やすことで、卵を大量に生産できるよう進めていたらしい。

「あのう、それではわたしどもが王都で出す予定になっているお店で出したらどうですか？」

ゼレフさんがわたしたちの話を聞いて、新しい案を出す。

「ああ、それはいいいな」

「そうね。それが一番いいかもしれないわね」

話によると、城で働く料理人を育てるため、王都に新たにお店を作る計画があるらしい。その店でわたしの許可があればプリンを出す予定だったという。

「このケーキも一緒に店で出せればいいと思うんだが、どうだ？　それに下手におまえさんが店を出せば、ちょっかいを出す者が現れるかもしれん。王家の経営とあらば、手を出す者はいないだろう。レシピの管理もちゃんとさせる」

「はい。信用がおける料理人を選びます」

ゼレフさんが国王の言葉に応じる。

「あとはおまえさんの了承さえあれば、王都で販売したいと思っている」

そこまで話を進ませておいて、いまさら断れるわけがない。卵の流通もあり、料理人も選んでくれる。それにお店の管理もしないでいいなら、断る理由はない。

わたしは了承した。

175　クマさん、くまきゅうを奪還する

王都のお店でのプリンやケーキの販売も決まり、ケーキの作り方をゼレフさんに教えることになった。

過去にプリンのレシピを渡したが、作るのに何度か失敗したそうだ。日本のレシピ本みたいに写真付きじゃないから、上手《うま》く伝わらなかった部分があったみたいだ。だから、今回は作りながら教えることになった。

「それじゃ、今から作るけどいい？」

「よろしいのですか？」

「ケーキも食べ終わったみたいだしね」

みんなのお皿の上にのっていたケーキは綺麗《きれい》に消えていた。

それに、ここを離れる理由を作ってくまきゅうを王妃様から奪還したいところだ。王妃様はケーキを食べている間もくまきゅうを膝の上に乗せたまま離さなかった。

今もくまきゅうを抱き締めながら優雅に紅茶を飲んでいる。その膝の上では、くまきゅうが目を潤ませながらわたしを見ている。

今救い出してあげるから、待っててね。

くまきゅう奪還作戦を行うために王妃様に声をかける。

「王妃様、これからゼレフさんにケーキの作り方を教えることになりましたので、くまきゅうを……」

「話は聞いていたわ。わたしがかかえていくから大丈夫よ」

王妃様はくまきゅうを抱いたまま立ち上がる。

え～と、なにが大丈夫なのかな？　どういうことなのかな？　もしかして、付いてくるの？

「あまり、ユナとゼレフの邪魔はするなよ」

「邪魔はしないわ。ゼレフがちゃんと作れるか、味見をするだけよ」

この王妃様、まだ食べる気でいるよ。しかも、味見って王妃様がするようなことじゃないよ。普通は毒が入ってないか、毒見係が食べてから王族が食べるものじゃないのかな。まあ、あくまで、わたしが思っている王族のイメージだけど。

「わたしもあじみする～」

王妃様がそんなことを言うから、フローラ様までこんなことを言いだす。そんなことでいいのか、この王族たちは。それにフローラ様はすでにケーキを2つ食べている。流石《さすが》に、小さい子がケーキを3つは食べられないと思うんだけど。

「それじゃ、俺は仕事に戻る。ユナ、ご馳走《ちそう》になった。今回も美味《おい》しかった」

国王は席を立つ。できればくまきゅうを返すように王妃様に言ってほしいんだけど、国王は行ってしまった。

「それじゃ、わたしはお店の準備に取りかかるわね」

エレローラさんは自分の仕事をしなくてもいいのかなと思ってしまう。いつもはなんの仕事をしているのかな？

謎が多い人だ。

「ほら、ユナちゃん。行くわよ」

わたしがエレローラさんのことを考えていたら、王妃様に肩を叩《たた》かれた。行きますけど。それよりも王妃様、くまきゅうを返してください。

わたしの願いは届くこともなく、王妃様はくまきゅうを抱いたまま歩き始める。くまきゅうが王妃様の肩に頭を乗せながら悲しそうにわたしのほうを見る。救い出せなくてゴメン。心の中でくまきゅうに謝る。

みんなでゾロゾロと厨房《ちゅうぼう》にやってくる。全員が厨房に入ると、ゼレフさんがドアを閉め、鍵をかける。

えっ、どういうこと？

「情報漏洩《ろうえい》防止のためです」

ゼレフさんがわたしの疑問に答えてくれる。

「ユナ殿から教わった料理を作るときは、いつも誰も入ってこないようにしてから作ってます」

そこまで厳密にしているの？

きっと、違う。この厨房は王族の料理に毒が入れられたりしないように備えた部屋だ。厨房に人がたくさんいたら、誰が毒を入れたか分からない。だから、安全性を考えて料理長など限られた人以外はこの厨房に入れなくしているのだ。

きっとそうに違いない。

わたしはクマボックスから必要な食材や道具を取り出す。わたしが作りながら説明して、ゼレフさんがメモを取る形で進んでいく。たまに質問を受けるが、作りながら説明する。フローラ様と王妃様は見ているだけで楽しいのか、わたしが作る様子をじっと見ている。

「なるほど。そうやって作るんですか。それにしてもユナ殿は手際がいいですな」

「そう？」

「その若さで凄《すご》いと思います。わたしのところにいる料理人と比べても遜色《そんしょく》がありません」

お城にいる料理人は王族や貴族の料理を作るので、それなりの腕前を持った料理人のはずだ。高級レストランの厨房みたいな感じかな？

とりあえず、褒めてくれていることだけは分かった。

「くまさん、すごいの？」

フローラ様が尋ねてくる。

「ええ、凄いですよ」

「そうね。凄いわね」

ゼレフさんと王妃様がフローラ様の問いに答える。

「くまさん、すごい！」

「そんなことはないですよ」

スポンジケーキを焼いている間に泡立てていたホイップクリームが完成したので、わたしはスプーンでクリームを少しすくってフローラ様の口元に運んであげる。フローラ様は小さな口を開いて食べてくれる。

「おいちい」


スポンジケーキも完成したので、イチゴを挟んだり、クリームを塗ったりする。そして最後にイチゴをデコレーションしてショートケーキが完成する。

「綺麗ね」

「おいしそう」

「ユナ殿、ありがとうございました。凄く勉強になりました」

「イチゴのところは季節ごとに違う果物と交換したりしてみてくださいね」

「はい。どのような果物が合うか、いろいろ作ってみます」

「それじゃ、せっかく作ったのだから、試食をしましょう」

王妃様が完成したケーキを見て、そんなことを言いだす。

確かに作ったからには食べないといけないけど。お腹《なか》に入るのかな。少し前にケーキを食べたよね。でも、庭園で食べてからけっこう時間も経《た》っているから大丈夫かな。

フローラ様も喜んでいるみたいだし。

「それではわたしがお茶の用意を致します」

アンジュさんが申し出る。

「それじゃ、ゼレフさん、お皿とフォークをお願いしていいですか？」

わたしがお願いすると、ゼレフさんはすぐに準備をしてくれる。

「料理長に指示を出すクマさん。もし、ゼレフを慕っている料理人が見たら驚くわね」

王妃様が笑みを浮かべながらそんなことを言う。確かに、ゼレフさんってお城の料理人の中で一番偉いんだよね。見た目と行動で、そんな感じはしないけど。

でも、ゼレフさんはそんなことは気にせずに、お皿とフォークの準備をしてくれる。

わたしはゼレフさんが用意してくれたお皿にケーキを切り分けてのせる。フローラ様のお皿には通常の半分の大きさに切る。食べ過ぎると、夕飯が食べられなくなるからね。

「アンジュさんもどうぞ。あと、切り分けますからお子さんに持っていってあげてください」

「よろしいのですか？」

確か、フローラ様と同い年の子供がいるんだよね。

「ありがとうございます」

紅茶（フローラ様はミルク）も全員に行き渡り、作ったケーキを試食することになった。

そしてこのとき、ついにくまきゅう奪還のチャンスが訪れた！

この厨房には椅子が一つしかなかった。その椅子はフローラ様がわたしのケーキを作る工程を見るために使っていた。今はケーキを食べるために使っている。だから、フローラ様以外は全員が立っている状態だ。この部屋は厨房だからテーブルはあるが、あくまで料理を作るための作業台だ。

だからくまきゅうを抱いている王妃様はケーキを食べると必然的にくまきゅうを離すことになる。

王妃様はケーキを食べるためにくまきゅうをテーブルの隅に座らせた。くまきゅうが王妃様から離れた瞬間だった。

くまきゅうがわたしを見る。王妃様はケーキを食べている。わたしはくまきゅうに向かって頷《うなず》く。くまきゅうはゆっくりとテーブルの上を歩きだす。しばらくして王妃様はくまきゅうの動きに気づいたが、すでにくまきゅうは手が届かない位置に移動していたため、見送る感じになった。

「ユナちゃん。くまきゅうちゃんを」

「大丈夫ですよ。わたしが抱いてますから、王妃様はケーキを試食してください」

王妃様はケーキを食べながら、残念そうにくまきゅうを見る。そんな顔をされても渡しませんよ。くまきゅうはわたしの腕の中で嬉《うれ》しそうにしている。無事にくまきゅうの奪還に成功した。

試食会も終わり、最後にゼレフさんの質問にも答え、今日はこれで終了となった。

王妃様がずっとくまきゅうを見ていた。本当にくまきゅうのことを気に入ったみたいだ。

確かに肌触りがよくて可愛《かわい》いけど。くまきゅうの身の安全のために王妃様にもくまきゅうのぬいぐるみが必要かもしれない。

クマの転移門でクリモニアに帰ってきたわたしは夕食を適当に済ませると、早々に休むことにした。

フローラ様と遊んでくれたくまゆる。王妃様の相手をしてくれたくまきゅう。クマの手袋の中にいたほうが疲れが取れると思うけど、召喚すると嬉しそうにするので、寝るときはいつも召喚するようにしている。

ベッドの上にくまゆるとくまきゅうを召喚すると、わたしのところに嬉しそうに擦《す》り寄ってくる。

「くまゆる、くまきゅう、今日はお疲れさま。ゆっくり休んでね」

わたしは寝る前にくまゆるとくまきゅうを労《ねぎら》う。布団の中に入ると、くまゆるとくまきゅうはわたしの左右に移動して丸くなる。
わたしは心の中で「お休み」と言い、眠りにつく。
まさか、後日、お店を承諾したことを後悔するとは思わなかった。
ちゃんと、お店を一度でも見に行っていれば、あんな物を作らせなかったのに……。

番外編①　クマとの遭遇　ネリン編　その1

わたしの名前はネリン。数日前に15歳になった。15歳になったら王都にいるモリン叔母さんのところで働く約束をしていた。叔父さんが亡くなったことを知ったときは悲しかった。でも、お父さんが言うにはモリン叔母さんは今でもお店をやっているそうだ。わたしは少しでも手助けになればと思い王都までやってきた。

なのに……、お店が閉まっていた。いくら呼んでも中から人が出てくる様子がない。わたしは近くを歩いている人や隣近所の人に話を聞いた。

なんでも、怖い男たちがお店に怒鳴り込んできたそうだ。男たちはお店の中で暴れ、モリン叔母さんとカリンお姉ちゃんに暴力を振るったという話を聞いた。さらにはクマのような大男が2人を連れ去ったという話まで出てくる。

その後にモリン叔母さんとカリンお姉ちゃんを見かけたという人もいたがお店が再開することはなく、2人は消えてしまったという。

「モリン叔母さん、カリンお姉ちゃん……」

無事なの？　生きているの？　2人に何があったの？

わたしは膝を抱え、お店の前に座り込む。目の前は真っ暗だ。どうしたらいいか分からない。実家は王都から離れているので、すぐに連絡をすることができない。それに今、家には誰もいない。お母さんはわたしが小さいときに亡くなった。お父さんに連絡をしたいけど、今どこで仕事をしているか分からない。お父さんは建築家で、たまに地方の街からも仕事を依頼される。今回もどこかの街に行ってしまい、すぐに連絡をすることができそうにない。もう、どうしたらいいか分からない。

わたしが途方に暮れていると誰かが声をかけてきた。

「こんなところに座って、どうしたの？」

顔を上げるとクマの格好した可愛《かわい》らしい女の子と10歳ぐらいの女の子がいた。わたしは、クマの格好をした女の子に驚く。王都には何度か来ているけど、こんな格好をしている人を見たのは初めてだ。

クマの女の子がわたしに話しかけてくる。

「お店ならやっていないよ」

そのことは周辺にいる人たちに聞いていた。しかも、モリン叔母さんとカリンお姉ちゃんが行方知れずということも知っている。

「モリン叔母さん、どこに行ったの。無事なら無事って教えてよ……」

生きているよね。

「えっと、モリンさんの知り合いなの？」

クマの女の子からモリン叔母さんの名前が出てきた。

「モリン叔母さんのことを知っているの!?」

わたしが尋ねると、モリン叔母さんとカリンお姉ちゃんはクリモニアの街にいると教えられた。しかも、その街でお店を開いているという。その話を聞いて安堵《あんど》する。

モリン叔母さんとカリンお姉ちゃんは生きていた。よかった。わたしは重く沈んでいた気持ちが軽くなった気がした。

でも、クリモニアの街ってどこ？　行くとして、馬車代ある？

財布を見るが、それほど入っていない。モリン叔母さんにお世話になるつもりだったから、それほど多くのお金は持ってきていなかった。

「うぅ、どこかで仕事を探してお金を稼がないと」

宿屋も安い場所を探さないといけない。せっかく、モリン叔母さんの居場所が分かったのにすぐに行けそうもない。それとも、一度家に帰る？　どっちにしろ、お金はない。

「これを使って」

わたしがどうしようかと悩んでいると、クマの女の子がクマの手を差し出してくる。そこにはお金があった。女の子はクリモニアまでの馬車代だと言う。かなりの金額がある。このお金があればクリモニアの街にいるモリン叔母さんにも会いに行ける。

でも、見知らぬ女の子から、お金をもらうことはできない。

「待って、知らない女の子にお金をもらうわけには。モリン叔母さんの場所を教えてくれただけでも感謝だよ。それにお金をそんなに簡単に知らない人に渡しちゃダメだよ。お父さんとお母さんに教わらなかった？」

わたしが言うと、クマの格好をした女の子は困ったような顔をした。わたし、変なこと言った？

でも、女の子はモリン叔母さんの知り合いだから、わたしのことを放っておくことはできないと言う。もし、お金のことが気になるなら、クリモニアに住んでいるから返しにきてくれればいいと言う。

わたしは考えた結果、お金を受け取ることにした。王都で仕事が見つかるかも分からない。それなら、モリン叔母さんがいるクリモニアで働いて、女の子にお金を返そう。

女の子の住んでいる家を尋ねると、モリン叔母さんのお店に行けば会えるという。どういうことなのかな？

それから、モリン叔母さんが「くまさんの憩いの店」で働いていることを教えてもらう。モリン叔母さん、可愛らしい名前のお店にしたんだね。

女の子はお店の名前を忘れないようにと言うと、一緒にいる小さな女の子と去っていく。わたしはお金をしまうとクリモニア行きの馬車を確認しに行くため、乗り合い馬車がある停留所に向かう。

乗り合い馬車にはいろいろな街や村などに向かうものがある。大きい街になればなるほど、そこに向かう本数は多い。逆に、行き先が村などだと数日に一本あるかどうかの本数だったり、一本もない場合などもある。

乗り合い馬車がある停留所に到着すると馬車がたくさん並んでいる。出発は早朝が多い。だから今、ここにある馬車は他の街から到着したものがほとんどだ。

わたしは停留所の前にある建物に入り、カウンターに向かう。

「すみません。クリモニア行きの馬車はありますか？」

「クリモニア行きですか、少しお待ちください」

わたしが尋ねると、手慣れた手つきで調べてくれる。

「この日とこの日が空いていますね」

「それじゃ、この日でお願いします」

一番出発が早い日を選んだわたしは、クマの女の子から借りたお金で支払う。お金を払っても、かなりの金額が残った。あのクマの女の子、初めて会ったわたしにこんなに渡してくれたんだね。クリモニアに着いたら絶対に返さないといけない。

「それでは時間に遅れないようにお願いします」

わたしはクリモニア行きのチケットを受け取る。チケットには日時が書かれている。

とりあえず馬車を確保できたので、出発まで滞在する安い宿屋を見つけないといけない。女の子から借りたお金があるとはいえ、贅沢《ぜいたく》はできない。

わたしは安い宿屋を見つけると、クリモニア行きの馬車が出発する日まで泊まることにする。

数日後、わたしは無事に王都を出発して、クリモニアに向かっている。人も多く、他の商人の馬車も一緒だ。冒険者の護衛もついているので安心できる。ゆらゆらと揺られながら馬車は進む。

でも、モリン叔母さんは、叔父さんと王都にお店を開いたときはあんなに喜んでいたのに、どうしてクリモニアの街にお店を移したんだろう？　やっぱり、王都で騒ぎになったというのが原因なのかな。

いろいろと疑問を持ちながらも、数日後には無事にクリモニアの街に到着した。到着した時間も遅かったので、今日は宿屋に泊まってから、明日《あした》の朝一にモリン叔母さんのお店に行くことにする。

「確か、ここのあたりだったはず」

停留所で宿屋を尋ねたら、このあたりにあると教えてくれた。周囲を見回しながら歩いていると、宿屋の看板を見つける。

ここに決めよう。

「すみません」

「いらっしゃい」

ドアを開けて中に入ると、わたしより少し年上の女の人が声をかけてくれる。

「泊まれますか？」

「一人ですか？」

「はい」

「大丈夫ですよ」

よかった。陽《ひ》も沈みかけている。これで見知らぬ街で宿探しをしないですむ。

「食事はどうしますか？」

「お願いします」

お腹《なか》は空《す》いている。昼に少し食べてから何も食べていない。

「それじゃ、先にお部屋に案内しますね。ああ、わたしはこの宿屋の娘のエレナです。なにかあれば声をかけてくださいね」

「わたしはネリンです」

わたしはエレナさんの案内で部屋に向かう。荷物もあるので助かる。

「ネリンさんは一人で来たんですか？」

「うん、この街にいる叔母さんに会いにきたの」

わたしはエレナさんにモリン叔母さんの場所を聞いてみることにする。

「エレナさん。『くまさんの憩いの店』ってパン屋さんがどこにあるか知っていますか？この街にあるって聞いたんですが」

「『くまさんの憩いの店』？　知っているよ。ちょっとした有名なお店だからね」

「本当ですか！　そのお店にモリンとカリンって名前の親子がいますか！」

「モリンさんとカリンさん？　いるよ。2人が焼くパンは美味《おい》しいんだよね」

いた。2人がいた。よかった。もしかしたら、会えないかも、とか思ったりしたけど、2人に会えそうだ。エレナさんがあとで、お店までの地図を描いてくれることになった。

わたしは荷物を部屋に置くと、一階の食堂に向かう。

モリン叔母さんが無事にこの街にいることを知ることができたので、安心して食事を美味しく食べることができた。この数日間は不安であまり食事が喉を通らなかった。

食事を終えたころ、エレナさんがやってきて、テーブルの上に紙を置く。

「モリンさんとカリンさんが働く、『くまさんの憩いの店』の地図ですよ」

紙を見ると宿屋からお店までの地図が描かれていた。

「ありがとうございます。そうだ。あと、この街にクマの格好をした女の子っていますか？」

街は広い。ダメ元で尋ねる。いくらクマの格好をして目立つからといって、知っているとは限らない。でも、帰ってきた言葉は違った。

「ああ、ユナちゃんのことだよね。黒い可愛いクマの格好をした女の子」

「そうです。どこにいるか知っていますか？　王都でお世話になったから、お礼を言いたいんですが」

わたしは王都での話をした。

「ユナちゃん、王都でもクマさんの格好をしているんだ。でも相変わらず、あっちこっちで人助けをしているね」

どうやらエレナさんは、クマの女の子のことも知っているみたいだ。話によると女の子は冒険者で、人を助けたり、村を救ったりしているそうだ。

あのクマの女の子が冒険者？　エレナさんの冗談なのかな？　クマの女の子を思い出してみるがとても冒険者には思えない。

でも、冒険者でも、違うにしても、お礼を言わないといけないし、お金も返さないといけない。お店に行けば会えると言っていたけど、家が分かるなら、それに越したことはない。

「行けば分かると思うけど、ユナちゃんの家は分かりやすいよ」

エレナさんは笑いながら言うと、先ほどの地図にクマの絵で印をつけてくれた。

「見たら、驚くかもね」

エレナさんは意味深なことを言う。どういうことなのかな？

わたしはお礼を言って地図を受け取る。

部屋に戻ったわたしは、２人がこの街にいることを知ったことで張り詰めていた気持ちが解《ほど》けたのか、王都からの移動の疲れもあり、ベッドに倒れるとすぐに眠りに落ちていった。

番外編② クマとの遭遇 ネリン編 その2

ベッドから起き上がる。気持ちがいい目覚めだ。この数日の体の疲れや、精神的な疲れが一気に取れた感じだ。外を見れば天気もいい。うん、クリモニアの街に来た初めての朝が雨じゃなくてよかった。わたしは荷物を纏《まと》め、エレナさんが描いてくれた地図を持って一階に向かう。

「エレナさん、お世話になりました」

「『くまさんの憩いの店』で働くんだよね」

「モリン叔母さんの許可がもらえれば」

叔母さんと叔父さんと前から約束はしている。15歳になったら、お店で働かせてもらうと。ただ、状況が変わっている可能性がある。どうなるかはまだ分からない。

「それじゃ、働けることになったら、クリモニアを案内してあげるから、そのときは遊ぼうね」

「はい、そのときはお願いします」

クリモニアに来て初めての友達ができそうだ。わたしは笑顔で約束をした。

「えっと、確か、このあたりにクマの女の子の家があるはずなんだよね」

エレナさんが描いてくれた地図を見ると、このあたりにクマの女の子の家があるらしい。エレナさんが言うにはすぐに分かるらしい。周囲を見ていると変な建物が見えてきた。

「クマ？」

わたしの視線の先には信じられない建物があった。わたしは近くまで行ってみる。

「クマだよね」

目の前にクマの形をした家がある。変というか、可愛《かわい》らしい家というべきか。クマの家だ。それ以外に形容のしようがない。確かにエレナさんの言うとおり、見ればすぐにわ分かった。あのクマの女の子らしい家だ。

王都で出会った不思議な女の子を思い浮かべていると、クマの家のドアが開く。ドアからクマの格好をした女の子が出てきた。まさか、わたしが家を見ているのに気づいて、出てきた？　そう思ったけど、女の子はわたしのことを見て驚いている。

あの時にあった女の子だ。

「本当にクマさんの家に住んでいたんだ」

宿屋のエレナさんに聞いたとおりだった。

わたしがクリモニアまで来られたお礼を言おうと思ったら、返ってきた反応は違った。

「だれ？」

クマの女の子は首を傾《かし》げる。わたしは女の子の言葉にショックを受ける。わたしはとても感謝していたのに、その相手に忘れられている。これほど、悲しいことはない。

わたしは王都で会ったことを説明する。それでやっと女の子は思い出してくれる。わたしって、そんなに記憶に残らないかな。目の前の女の子みたいな格好をすれば、絶対に忘れられないよね。

ユナちゃんはこれからモリン叔母さんのお店に行くので案内してくれるという。

でも、ユナちゃん。いつこっちに戻ってきたのかな？

そのことを尋ねても、はぐらかされる。馬にでも乗ってきたのかもしれない。ちょっと想像してみる。クマの格好で馬に乗る。なんともミスマッチだ。流石《さすが》に移動の間はクマの格好ではないはずだ。


大きな建物が見えてくる。

ここがモリン叔母さんのお店らしいけど、なぜかお店の前にパンを抱えているクマの石像がある。エレナさんから聞いていたけど、この目で見ると凄《すご》く不思議な気分になる。2階や看板にもクマがいる。わたしが不思議そうに見ているとユナちゃんはお店に入っていく。わたしは慌ててユナちゃんの後を追いかけるようにお店の中に入る。

お店の中には8歳から12歳ぐらいの子供が6人ほどいた。ユナちゃんがお店に入ると子供たちは嬉《うれ》しそうにする。

ユナちゃんが子供たちに話しかけると、子供はお店の奥に走りだす。すると奥からモリン叔母さんとカリンお姉ちゃんがやってきた。本当にいた。エレナさんから聞いてはいたけど、元気そうな2人の姿を見て心から安堵《あんど》する。

本当によかった。

「モリン叔母さん、カリンお姉ちゃん、お久しぶりです」

「ネリン？」

「ネリンちゃん」

2人はわたしを見ると驚く。

わたしは、これまでのことを説明する。2人のことをどんなに心配したか。でも、モリン叔母さんは「連絡なら、兄さんにしたわよ」と言う。

なんでも、叔父さんが亡くなったことや、新しくクリモニアでお店をやることも、全てお父さんに手紙で伝えていたらしい。

うぅ、全ての元凶はお父さんだったみたいだ。今度会ったら、問い詰めないとダメだ。どれだけわたしが不安だったか。

それから、わたしはお店で働かせてもらえるようにお願いをした。

「このお店で働きたいなら、ユナちゃんにしっかり頼まないといけないよ」

「ユナちゃんに？」

「このお店はユナちゃんのお店だからね」

新しい疑問が増えた。このお店がユナちゃんのお店って、どういうこと？　わたしは答えを求めてユナちゃんを見るけど、面倒臭そうにして、答えてくれる様子はない。

もう、わけが分からない。

「ユナちゃん、この子はわたしの兄の娘のネリン。前からうちのお店で働きたいと言っていて、15歳になっても同じ気持ちなら働かせるって、夫が約束していたの。お店で働かせたいけどいい？」

モリン叔母さんはわたしのことをユナちゃんに頼んでくれる。

ユナちゃんはサボったり、子供たちを苛《いじ》めたりしなければいいと言ってくれる。もちろん、わたしはそんなことはしない。しっかり仕事はするつもりだし、子供たちを苛めたりはしない。

わたしは子供たちと仲良くするために笑顔で挨拶《あいさつ》をする。子供たちも元気に挨拶を返してくれる。可愛いかも。

お店は可愛いし、子供たちも可愛いし、働くのが楽しみだ。

ただ、予想外だったのは、クマの服を着ることになったことだ。

ミルちゃんって子がクマの制服を見せてくれる。ユナちゃんのクマ服はモコモコしているけど、ミルちゃんのクマは普通の服の上からでも着られるような服だった。お尻を見るとちゃんと尻尾《しっぽ》もついている。

なんでも、子供たちはこのクマの格好で仕事をしているらしい。だから、わたしも働くなら着ないといけないと言われた。

わたしは勢いで着ると言っちゃった。よく考えると、少し恥ずかしいかも。でも、断ったりしたら、働かせてもらえないかもしれないし。それに、クマの姿のミルちゃんの姿は可愛かった。問題はわたしが着ても似合うかどうかだけど。

いや、仕事をするのに格好は関係ない。仕事をさせてもらえることが一番重要だ。

なんでも、これから新しいお菓子の試食会があるらしく、わたしも参加させてもらえることになった。美味《おい》しいのかな？　少し楽しみだ。

それにしても、お店の中もクマだらけだ。壁にも柱にもクマがいる。テーブルの一つ一つにいろいろなポーズをしたクマがいる。わたしが座っているテーブルにも逆立ちをしているクマがいる。

どれも可愛らしいクマだ。全部、ユナちゃんの趣味なのかな。こんなにクマが好きな人、初めて見た。でも、自分の格好までクマにしないでもいいと思うんだけど。

店内を見ているとお店のドアが開き、大人の女性が2人とちいさい女の子が2人が入ってきた。女の子の一人には見覚えがあった。確か、王都でユナちゃんと一緒にいた女の子だ。

わたしたちは自己紹介をする。

王都にいた女の子の名前はフィナちゃん。一緒にいるもう一人の女の子は、妹のシュリちゃん。そして、優しそうな女性がティルミナさん。ティルミナさんは2人のお母さんで、お店全般の裏方の仕事をしているという。

もう一人の真面目そうな女性はこの街の商業ギルドのギルドマスターで、ミレーヌさんだという。そんな偉い人が試食会に参加することに驚いた。商業ギルドのギルドマスターなら、商売をしている者なら誰でもお近づきになりたいものだ。なのに、ユナちゃんはギルドマスターを邪険にしていた。ユナちゃんって何者なの？

全員が揃《そろ》うと、ユナちゃんがクマの形をした手袋から、白くて円いイチゴがのったお菓子を出す。

もしかして、あのクマの手袋ってアイテム袋？

ユナちゃんは白くて円い物を包丁で切って、お皿にのせていく。わたしの前にも置かれる。よく見ると、柔らかいパンみたいなものが重なっていて、その間に白い物とイチゴが挟まれている。イチゴのショートケーキというお菓子らしい。

全員に行き渡り、試食会が始まる。

ひと口食べると柔らかく、甘さが口の中に広がる。パンのような生地は柔らかく、フォークで簡単に切れる。イチゴと白い物の組み合わせが美味しさを引き立たせている。わたしはフォークで白いものをすくって舐《な》めてみる。口に入れた瞬間、溶けて甘さが広がる。

フォークが止まらない。それはみんな一緒で、美味しい美味しいと口にしながら食べている。

これをクマの格好をしたユナちゃんが作ったの？　何度もクマの格好をした女の子を見てしまう。本当にユナちゃんって何者なんだろう？

宿屋のエレナさんに続いて、商業ギルドのミレーヌさんもユナさんまでが冒険者だって言っていたけど、あんなに可愛い女の子が冒険者のわけがないよね。たぶん、冗談で言ったんだと思う。

ユナちゃんの謎が増えていくばかりだ。


それから試食会は進む。このイチゴのショートケーキをお店で出すかという話になる。わたしは絶対に出すべきだと思った。こんなに美味しいお菓子は食べたことがない。もちろん、上流家庭や貴族様は食べているかもしれないが、庶民のわたしは食べたことがない。これを普通の人でも食べられるなんて、ぜひお店に出すべきだ。

ユナちゃんがモリン叔母さんに尋ねるとモリン叔母さんはいろいろと考え込む。作る時間があるか、人を回せるか。最終的にモリン叔母さんは、なんとかなるかもしれないけど、負担が大きくなるのは間違いないねと言った。

わたしは小さく深呼吸すると口を開いた。

「それならわたしに作らせてください」

話は進み、いろいろなことがあったが、わたしがケーキを作ることになった。

嬉しくもあり、自分にできるか不安にもなる。でも、自分で言いだしたことであり、モリン叔母さんとカリンお姉ちゃんが忙しくて大変なら、わたしがやらないといけないと思った。

その日の夜。わたしはモリン叔母さんとカリンお姉ちゃんから、今までの経緯を聞いた。叔父さんが亡くなり、悪い商人に騙され、男たちに襲われ、お店を取り上げられそうになったこと。でも、そこにユナちゃんが現れ、助けてくれたそうだ。

それから助けられた2人はユナちゃんに誘われて、クリモニアでパン屋を開くことになったという。

お店の敷地、建物、お店に必要なものは全てユナちゃんが用意したという。いったい、どのくらいのお金がかかったんだろう。想像しただけで、怖くなる。

「ユナちゃんはどこかのお嬢様なの？」

「う〜ん、本人はただの冒険者って言っているけど、詳しくは分からないよ。わたしも聞かないし、ネリンも聞いたらダメだよ。人には言えないことだってあるんだから」

聞きたい。物凄く聞きたい。どんどん、ユナちゃんの謎が増えていく。でも、エレナさんもカリンお姉ちゃんも、ユナちゃんは冒険者だという。

「そんなふうには見えないけど、とっても強い冒険者だよ。わたしたちを助けてくれたときも大きな男たちを倒したんだからね」

カリンお姉ちゃんが助けてくれたときのことを話してくれる。

う～ん、カリンお姉ちゃんもエレナさんも嘘《うそ》を言ってはいないと思うけど、どう想像してもユナちゃんが戦っている姿が思い浮かばない。

「ユナちゃんは、とっても優しいいい子だよ」

それは分かる。王都で困っていたわたしに声をかけてくれたり、お金を貸してくれたりした。それに子供たちがユナちゃんのことを凄く慕っていることは分かる。

「ユナちゃんはあの子たちの命の恩人だからね」

なんでも、孤児院にいる子供たち全員を救ったそうだ。見て見ぬふりをする人は多い。手を差し伸べる者もいる。でも、それは裕福な人がお金や食べ物を与えるだけというのが多い。でも、ユナちゃんは子供でもできる仕事を与え、自立させているという。それも無理やりではない。

「ちゃんと休みも与えているしね。ユナちゃんは本当に子供たちのことを思っている優しい子だよ。このお店で働かせているのも、子供たちが大人になったとき、仕事の一つになればいいと思うからだって。だから、わたしもあの子たちにパンの作り方を教えている。将来、夫やわたし、ユナちゃんの考えたパンが広まっていけば、嬉しいからね」

モリン叔母さんは本当に嬉しそうに話す。

ユナちゃんって本当に何者なんだろう？　聞けば聞くほど謎は深まるばかりだ。

翌日から、わたしは時間があるときにケーキを作る練習をするようになった。午前中は子供たちと一緒にモリン叔母さんのパン作りの手伝いをする。お店が始まれば店内で接客をする。

「ネリンちゃん、こっちはいいから、ケーキ作りの練習してきていいよ」

店内で掃除をしているとカリンお姉ちゃんが声をかけてくれる。わたしはカリンお姉ちゃんの言葉に甘えさせてもらい、ケーキ作りの練習に向かう。少しでも上手に、少しでも素早く作れるように練習をする。いくら美味しく作れるようになっても、作るのが遅かったら意味がない。手際よく作るのも練習の一つだ。

王都でモリン叔母さんのお店の手伝いをしたことがあるから分かる。材料費や人件費、物を作るにはお金がかかる。もし、わたしが何時間もかけて一つしかケーキを作れなかったら、わたしにお給金を払う余裕はなくなる。

ユナちゃんからは、卵をたくさん使ってもいいから、ケーキ作りの練習をするように言われた。スポンジケーキには卵を使う。

初めは緊張して卵を使っていたが、子供たちはプリンを作るときに、毎日100個以上の卵を使っている。そんな状況を見ると、緊張も解《ほぐ》れる。

子供たちは時間ができるとプリン作りをする。初めはプリンって何？ と思ったけど、凄く美味しい食べ物だった。これもユナちゃんが考えて作ったというから凄い。

子供たちが慣れた感じの手つきでパンを捏《こ》ねたり、プリンを作ったりしているのを見たときは驚いた。わたしも負けてはいられない。本当にこのお店は不思議な場所だ。

ケーキ作りの練習をしていると、ユナちゃんがいきなりお店に紅茶を出すと言いだした。確かに甘いケーキには紅茶が合うかもしれない。だからといって、領主様の家に紅茶の淹《い》れ方を教わりに行くとは思わなかった。領主様の家に行ったときは、生きてきたなかで、一番緊張したかもしれない。

あとで知ったことだけど、ユナちゃんと領主様は知り合いらしい。その領主様やそのお嬢様もお店にパンを買いにきたり食べにきたりするという。いったい、どうなっているの？　領主様がお店に来るの？　わたしが住んでいた街では聞いたことがない。フィナちゃんも領主様のお嬢様とお友達だっていうし。

もう、わけが分からないよ。

そして、ついに明日、わたしの作るケーキがお店に並ぶことになった。緊張して眠れない。もし、売れなかったら。もし、まずいって言われたら。いろいろと脳裏に浮かんで寝つけない。わたしって、こんなに繊細だったっけ？　わたしは布団を被《かぶ》り、目を閉じる。お願い、寝かせて……。

窓から入る陽《ひ》の光で目が覚める。知らないうちに寝ていたみたいだ。

わたしはすぐに着替え、キッチンに向かう。朝食はいつもモリン叔母さんとカリンお姉ちゃんが焼いたパンだ。

わたしは子供たちの手を借りながら、ケーキを作っていく。スポンジケーキを作り、ホイップクリームを塗る。そして、ホイップクリームを押し出す道具を使ってデコレーションをする。これが一番難しい。均等にやらないと綺麗《きれい》に見えない。緊張する手でホイップクリームを飾っていく。

「ふ〜」

どうにか綺麗にデコレーションができた。最後に均等にイチゴをのせて切り分ける。この切り分けも均等に切らないとお客様からクレームが来てしまうだろう。綺麗に切って、ケーキが完成する。

これと同じことを繰り返す。


お店にわたしが作ったケーキが並ぶ。

緊張する。誰も買ってくれなかったらどうしよう。まずいって言われたらどうしよう。不安でいっぱいだ。作り方、間違っていないよね。砂糖と塩を間違えていないよね。

お店のドアが開く。いつものお客様がいつもと同じパンを買っていく。すると、ケーキを注文してくる人がいた。20代半ばのおっとりした女性だ。わたしの初めてのお客様だ。一緒に紅茶の注文をもらい、わたしはララさんに教わったとおりに紅茶を淹れる。ケーキと紅茶を受け取ったお客様は椅子に座る。

わたしは気になってお客様に視線を向けてしまう。

お客様はケーキを食べると、笑顔が広がり、美味しそうにケーキを全て食べた。嬉しい瞬間だった。それからもケーキは売れ、作ったケーキは全て売れた。

不安、安堵、感動、嬉しさ、喜び、感謝、一日でいろいろな感情がこぼれた。

わたしは今日のことは一生忘れない。

……でも、忙し過ぎるよ！

番外編③　新人冒険者、成長する

「ホルン、右から来るウルフを魔法で足止め、ブルートは俺と正面、ラッテはチャンスがあれば弓を」

俺は皆《みんな》に指示を出しながら、正面のウルフに攻撃を仕掛ける。ユナさんに教わったことを頭に置きながら戦うと、いろいろなことが見えてきた。

相手のことを全体的に見る練習をしたら、今までは目の前の敵しか見えていなかったのが、周囲が見えるようになり、誰が何と戦っているのか、誰が危険なのか、誰が手が空いているのかが分かるようになり、指示を出しやすくなった。

ただ難点としては、周囲に気を取られて、注意力が散漫になって、自分が危険になる場合もある。

ユナさんは、時には目の前の敵に集中することも大切だという。そのあたりの切り替えは自分で判断するしかないと。ユナさんは難しいことを言う。

でも、今ではウルフやゴブリンが数体現れた程度では慌てなくなった。ラッテはブランダさんから弓を教わり、ブルートはギルさんから戦い方を教わり、ホルンはユナさんのおかげで魔法が強くなり、俺もユナさんやギルさんに教わったことで強くなった。

他にも冒険者たちがいろいろと教えてくれた。初めてクリモニアに来たときより、間違いなく強くなっている。父さんも母さんも心配しているかもしれないから、久しぶりに村に帰るのもいいかもしれない。

「シン君たちは本当に強くなりましたね」

報告しにきた俺たちにヘレンさんが嬉しそうに言う。

「初めて来たときは、不安だったけど。この数か月で本当に強くなりました」

認められた感じがして嬉しくなる。

「これもユナさんが魔法を教えてくれたおかげです」

ホルンが俺の代わりに答える。本当にホルンの魔法は強くなった。あんなに弱々しかった魔法がユナさんの指導のおかげで、一人でもウルフを倒せるぐらいにはなった。

前にホルンが「わたしもクマの格好をすれば強くなるかな」と言っていたが、それは無理だと思う。

「ふふ、ホルンちゃんはユナさんに気に入られているみたいですね」

ヘレンさんの言葉にホルンは嬉《うれ》しそうにする。

本当にホルンはユナさんに好かれている。あんなに丁寧に魔法の使い方を教えてくれる人なんてあまりいない。さらに、会うたびに昼食などをご馳走《ちそう》になっている。一人だけズルいと思うが、ホルンからすれば「年下に奢《おご》られている感じで、いたたまれない」ということらしい。ユナさんの年齢は分からないが、ホルンのほうが少しだけ年上に見える。俺から言わせてもらえば、どっちも変わらない。ホルンからすれば、ユナさんのクマの姿が、幼く見えているみたいだ。

「ヘレンさん、ユナさんって何者なんですか？　魔法も凄《すご》いし、剣の扱いも上手《うま》いし」

「普段なら、個人の情報だからお教えはできませんって言うところですが、実際のところ、どこから来たのか、どうして一人なのか、どうしてクマの格好をしているのか、ユナさんについては何も分からないんですよ」

「きっと、ユナさんはクマさんの国から来たんですよ」

ホルンがバカなことを言いだす。でも、ヘレンさんは、

「そうかもしれませんね。だって、クマの召喚獣のくまゆるちゃんとくまきゅうちゃんもいますし、家もクマだし」

そう言われてみると確かにそうだけど。クマの国なんてあるわけがない。俺たちは報告を終え、討伐報酬をもらう。今日は美味《おい》しい物でも食べるかな。俺たちが立ち去ろうとしたとき、ヘレンさんに呼び止められる。

「そうだ。シン君たち。森の見回りの仕事があるんですが、やりませんか？」

ヘレンさんが思い出したように尋ねてくる。

「見回り？」

「魔物が街道に現れないように、森などの周辺を確認する仕事ですよ」

ああ、聞いたことがある。

冒険者には街や街道を中心に定期的に見回って、安全を確認する仕事がある。もし魔物が大量発生していれば、まずはギルドに報告する。そして、魔物の数によって派遣される冒険者のランクが決められる。つまり、俺たちの仕事は魔物の出没具合を確認する仕事だ。

別に魔物を倒さなくても、見回るだけでお金がもらえる。適当な報告をして、嘘《うそ》を吐《つ》いたことがバレると、冒険者仲間から信用をなくす仕事でもある。でも、真面目にやれば、こんなに美味しい仕事はない。

「今のシン君たちの実力なら大丈夫だと思うんだけど」

危険がないわけじゃない。でも、この仕事を回されるってことは、ギルドに認められたことでもある。俺はホルンたちを見る。ホルンたちは小さく頷《うなず》く。

「やります。やらせてください」

「それでは、これが森の地図です。どこを通ったか、どのあたりで魔物を見たか、討伐したか、記入を忘れずにお願いしますね」

あとで、ユナさんにそのことを話したら、「そんなのあるの！」って驚いていた。あれだけ強ければ、ユナさんにこんな依頼は回ってこないよな。

俺たちは探索のため森にやってきた。

「森に入るだけで報酬がもらえるから、楽でいいよね」

「でも、ちゃんと見回らないと駄目だよ」

「それぐらい分かっている。今後、この森に来ないとも限らないしな。森の把握をすることも大切さ」

もし、魔物に襲われて逃げるようなことになれば、森の中で迷う可能性だってある。森の中を把握しておけば、逃げる方向を決めることもできる。

崖に追い込まれたら最悪だ。だから、周囲の把握は大切だ。

「魔物いないね」

「少しぐらい現れてくれたほうがいいんだけどな」

倒せば追加報酬がもらえる。

「シン。だからって、気を抜くなよ」

「分かっている。ブルートも後ろを頼むぞ」

先頭を俺が歩き、次にホルン、ラッテと続き、最後尾はブルートが歩く。

俺は地図と周囲を確認しながら、進んでいく。途中で小川を渡り、見晴らしがよい場所に出る。地図どおりだな。

「ここは広くて戦いやすそうだな」

「さっきの岩山は退路がなくて、危険だったな」

先ほど通った場所には高い岩山があり、追い込まれたら逃げにくそうだった。

「シン君、あそこを見て、ゴブリンだよ」

「数は3体か」

ゴブリンが3体、背中を向けて座っている。

「倒すか？」

「そうだな。街道に出てきたら危険だからな。ここで倒すことしよう」

討伐が遅れれば街道を通る者が危険に晒《さら》されることになる。俺たちは戦うことにする。

……俺たちは苦労もせずに3体のゴブリンを倒した。でも、周囲を見れば俺たちはゴブリンに囲まれていた。数は10、いや、20体以上はいる。数が多すぎる。

「逃げるぞ」

俺たちは隙を見て逃げだした。だが、仲間を殺されたゴブリンは唸《うな》り声を上げながら追いかけてくる。俺たちは来た道を走る。走り込みをしているおかげもあって、俺やブルートは大丈夫だ。でも、ラッテやホルンは息が上がって苦しそうにしている。このままじゃ、逃げきれない。

どうしたらいい。このままじゃ、力が尽きて捕まることになる。そうなれば20体以上のゴブリンに殺される。俺は考える。頭にユナさんの言葉が浮かぶ。

「もし、戦いに不利な状況なら、少しでも有利な場所で戦うといいよ」と言われた。

「ゴブリンやウルフなら倒せる力があるんだから、一体ずつ倒せばいいんだよ」とも。

狭い通路で戦うとか、橋の上で戦ったり、木の上に登って、矢や魔法で倒したりするのもありだという。これは、卑怯《ひきょう》ではなく、安全に攻撃するのが一番大事なことだという。

ただ、難点としては追いかけられているときに木に登る余裕はない。橋も狭い通路もない。

ならば作ればいい。

「こっちに行くぞ」

「シン、そっちは」

「このままじゃ逃げきれない。戦う」

俺たちは岩山があるところにやってくると、岩山を背にする。

「ここで戦う。ここなら、後ろを気にしないで戦える」

逃げることはできないが、後ろの安全は確保できる。回り込まれる心配はない。後ろが安全なら、前だけに集中できる。そして、ユナさんの言葉だ。敵が多いなら、一体ずつ倒せばいい。その状況に持っていくようにすればいい。

「ホルン！　壁を作れるか!?」

ホルンがユナさんから教わったのは攻撃魔法だけじゃない。土魔法の応用も教わっている。

「できるけど、わたしの魔力じゃ、簡単に壊されるよ」

「かまわない。壁を作って、ゴブリンが来る方向を誘導してくれればいい」

ホルンは俺の指示で壁を作ってゴブリンを誘導する。ゴブリンは、俺たちが見えれば、わざわざ壁を壊そうとはせず、こちらにやってくる。

「ブルートは右から、俺は左から攻撃をする。ラッテはチャンスがあれば隙間から矢を放ってくれ。ホルンは周囲の確認をしながら壁の維持を」

全員頷く。

……終わった。

15体ほどのゴブリンを倒すと残りは逃げだした。

「助かったのか？」

「みたいだな」

俺たちは腰を下ろす。

「でも、よくこんな方法思いついたな」

「ユナさんに教わったことを思い出したんだよ。どうしても逃げられなくて、戦わないといけなくなったら、なるべく、自分たちが有利になるような状況を作れって」

「それで、後ろに岩山、左右にホルンの壁か」

「ホルンが練習しているところを見ていたからな」

ホルンがユナさんの真似をして壁を作る練習をしているのは知っていた。でも、攻撃を防ぐほどの壁じゃないことも知っていた。

「ゴブリンが知能が低くて助かった。もし壁を壊されていたら、危なかった」

ユナさんに教わったことを聞いていてよかった。

それから、俺たちはこの場を離れ、安全な場所で休む。そして街へと戻り、ヘレンさんに報告して依頼を終える。全ての場所を確認できなかったが、ゴブリンの群れの発生している可能性を報告できた。

近いうちに再調査が行われるそうだ。

今回は苦労したけど、いつかはもっと強くなって、ユナさんやギルさんみたいに、強い魔物を討伐できるようになりたい。

ノベルス版7巻 書店特典①　フィナとシアの夜更かし

今日は大変でした。まさか、国王様や王妃様、お姫様にお会いするとは夢にも思いませんでした。普通、国王様と近くで会ったり、お話をしたり、頭を撫《な》でられたり、一緒に食事をしたりすることはないです。お母さんやお父さんに話しても、きっと信じてもらえないと思います。

帰るときに国王様に「ユナと一緒にいつでも来てくれてかまわない」と言われてしまいました。考えただけでお腹《なか》が痛くなります。でも、無事に帰ってこられてよかったです。

ちなみにユナお姉ちゃんはお仕事で鉱山に行っています。その間、王都に残されたわたしはエレローラ様の家でお世話になっています。

夕食を終え、お風呂に入らせてもらうと、部屋に戻って休みます。今日は本当に疲れました。でも、これで休むことができます。明日《あした》以降のことを考えると怖いですが、早く寝て忘れることにします。

それにしても広い部屋です。わたしは広い部屋の大きなベッドの上に一人でいます。わたしとシュリが2人で使っている部屋の数倍はあります。ベッドの上でゴロゴロと転がることもできます。さらにふかふかで気持ちもいいです。

ユナお姉ちゃん……大丈夫かな。食事の前にクマフォンでお話をしたけど、元気そうでした。ユナお姉ちゃんは強いから、心配はないと思うけど。やっぱり、危険なお仕事だから心配です。

わたしがユナお姉ちゃんのことを考えていると、ドアがノックされます。返事をするとゆっくりとドアが開き、シア様が顔を出します。

「フィナちゃん、起きている？」

「はい」

「少し、寝る前に話さない？」

わたしは少し考えて、了承しました。

シア様は部屋に入ってくるとベッドの上に座ります。そして、わたしのほうを見て、ニッコリと微笑《ほほえ》みます。可愛《かわい》らしい人です。

「可愛い服を着ているね」

「こ、これはエレローラ様とスリリナさんが、似合わないのに無理やり着せたんです」

わたしは白いフリルがついた寝間着を着ています。エレローラ様とスリリナさんが用意した寝間着です。今朝同様に抵抗はできずに着ることになりました。

「似合っているから大丈夫だよ」

「うぅ、恥ずかしいです」

こんな可愛い服はわたしみたいな女の子が着ても似合わないと思います。このような服はノア様のようなお嬢様が似合うと思います。

「お母様も可愛い女の子が家にやってきて、嬉《うれ》しいんだよ。ノアにはあまり会えないからね。だから、お母様を許してあげてね」

「……はい」

でも、ユナお姉ちゃんが戻ってくるまで、このようなことが続くと思うと、気が重くなります。早くユナお姉ちゃんに帰ってきてほしいです。


シア様とお話をすることになりましたが、2人っきりとなると緊張します。シア様は貴族様です。本来なら、こうやってお話することもなかった方です。

「今日はお母様と一緒で疲れたでしょう？」

「えっと、……はい」

一瞬、本当のことを言ってよいか悩みましたが、わたしは小さく頷《うなず》きます。

「ふふ、お城は楽しかった？」

わたしは国王様が現れてから、緊張して、大変だったことを話しました。

「そうなんだ。それは運が悪かったね。いや、国王様に簡単に会えたりしないから、運がよかったのかな？　さらに話しかけられることなんて、普通ならないからね」

確かに、わたしみたいな平民が国王様を見ることはもちろん、話しかけてもらえることは普通ならあり得ないことです。まして、頭を撫でられ、一緒に食事をする平民はいないと思います。

でも、これが運がよかったのか、悪かったのか分からないです。

「そう言えば、フィナちゃんはユナさんの命の恩人なんだよね」

いきなり、シア様がとんでもないことを言い出します。

「違います。それはユナお姉ちゃんが勝手に言っているだけです。わたしが命を救われたんです」

わたしはユナお姉ちゃんとの出会いの話をします。

「森の中で迷子ね。それでフィナちゃんが命の恩人になるのか」

「わたしがウルフに襲われているところを助けてくれたから、命の恩人はユナお姉ちゃんです。なのに、ユナお姉ちゃん、わたしのことを紹介するとき、命の恩人って紹介するんです。絶対にわざとですよね」

「ふふ、お互いに命の恩人でいいんじゃない。ユナさんも初めての森で迷子になっているところをフィナちゃんに救ってもらって。フィナちゃんは魔物に襲われているところをユナさんに助けてもらったんだから」

「でも……」

街から近い森です。それにユナお姉ちゃんにはくまゆるちゃんもくまきゅうちゃんもいます。迷子になるわけがないです。わたしに恩を感じさせたくないから、あんなふうに言ってくれるのかもしれません。ユナお姉ちゃんはとても優しい人だから。

でも、わたしのことを命の恩人って紹介するのはやめてほしいです。

「でも、颯爽《さっそう》と現れて、魔物を倒して、救うってカッコいいね。もしユナさんが男の人だったら、運命的な出会いになっていたかもね」

「ユナお姉ちゃんが男の人だったらですか？」

わたしは男の人が助けてくれたことを想像します。そしたら、笑いが漏《も》れてしまいました。

「どうしたの？」

「その、男の人っていうか。お父さんがクマの格好をしているところを想像したら、おかしくて」

男性がお父さんしか思い浮かべられなかったので、お父さんがクマさんの格好をして助けに来たところを想像したら、笑みが出てしまいました。

「ふっ、そうだね。男の人が助けてくれても、クマの格好をしていたら、運命的な恋には落ちないかもね。やっぱり、見た目も大切ってことかな？　でも、ユナさんって、とっても可愛いのにどうして、あんな格好をしているんだろうね。フードの下から長い綺麗《きれい》な髪が出てきたときは驚いたよ。こんな可愛い子が冒険者ってね。しかも、凄《すご》く強いし」

一緒にお風呂に入ったことがありますが、ユナお姉ちゃんは凄く綺麗でした。

「それから、ユナさんと一緒にいるようになったの？」

「その、うち貧乏だったんです。お母さんは病気で、お父さんがいなくて、わたしは解体の仕事をして働いていたんです。でも、あまり仕事がなくて。それを知ったユナお姉ちゃんが、わたしに解体の仕事をくれるようになったんです」

わたしは少しだけ、ユナお姉ちゃんに出会う前の話をします。その話をするとシア様が悲しそうな顔をします。

「そうだったんだ。嫌なことを聞いてごめんね」

「いえ、もう大丈夫です。ユナお姉ちゃんがお母さんの病気を治してくれて、新しいお父さんもできましたから、今は幸せです」

「それじゃ、フィナちゃんにとって、ユナさんは救いの神様ってところだね。いや、救いのクマさんになるのかな？」

「はい！」

ユナお姉ちゃんが男の人でなくても、わたしにとっては人生を変えるぐらいの出会いです。ユナお姉ちゃんに出会って、全て変わりました。暗くて、出口が見えない道を歩いていたようなわたしをユナお姉ちゃんが救い出してくれました。

もし、ユナお姉ちゃんに出会えていなかったら。ウルフに殺されていました。お母さんの病気も治りませんでした。新しいお父さんもできませんでした。

たぶん、ユナお姉ちゃんがいなかったら、わたしはこうやって悩んだり、お腹を痛くしたり、今日みたいに貴族のシア様と一緒にお話をしたり、お城で国王様と王妃様、お姫様に会ったり、できなかったです。本当に少し前までなら、考えもしなかった出来事ばかりです。

ユナお姉ちゃんに出会う前と比べれば、楽しいことばかりです。

それから、シア様にはブラックバイパーの話をしたり、解体の話をしたり、海に行った話をしたりしてユナお姉ちゃんとの思い出に浸ります。

「ふわぁ～」

シア様と話していると、徐々に眠くなってきました。

「眠そうだね」

「だ、大丈夫です」

「無理しないでいいよ。お母様と一緒にいて、疲れているんだから。フィナちゃんとユナさんの話が聞けて楽しかったよ。それじゃ、明かりは消しておくから、ゆっくり休んでね」

シア様がそう言うと、部屋が暗くなります。

「フィナちゃん、お休み」

「シア様、お休みなさい」

わたしは最後にそれだけ言うとすぐに睡魔が襲って記憶がなくなりました。

翌朝起きると、シア様が隣で寝ているのを見て驚きました。
どうして、同じベッドで寝ているんですか！

ノベルス版7巻 書店特典②　クマとの遭遇　ガザル編

不思議な格好をした女の子が店にやってきた。初めは冷やかしかと思ったが、ゴルドの奴《やつ》からの紹介状を持っていた。手紙には、優秀な冒険者だからミスリルナイフを作ってやってほしいと書いてある。

優秀な冒険者？

わしは何度も目の前にいるクマの格好をしている嬢ちゃんと手紙を見比べてしまった。手紙にはクマの格好をしているとか、目の前の女の子の特徴が書かれていた。ゴルドが冗談を言う奴じゃないことぐらい知っている。でも、とてもじゃないが、目の前にいるクマの格好をした嬢ちゃんが優秀な冒険者には見えない。

ゴルドの頼みなら、ミスリルナイフを作ってやるのは問題ない。だが、ミスリルの在庫がない。それでなくても、ミスリル鉱石は貴重で手に入りにくい。なのに最近、ミスリルや鉄、他の金属の価格が徐々に上がっている。店に影響は出ていないが、金属が値上がりするのは困る。その原因が鉱山に魔物が現れたことだと話すと、嬢ちゃんは冒険者ギルドに行ってしまった。

金属の価格は徐々に値上がりが続いている。鉄や銅は在庫があるが、このまま続けばなくなる。しばらくは金属の購入を控えるしかない。武器などを作ったとしても、販売する価格を上げれば売れない。冒険者ギルドは何をしているんだ?

クマの嬢ちゃんが来てから数日が過ぎ、クマの嬢ちゃんのことを忘れかけたころ、嬢ちゃんがまた店にやってきた。

ミスリルが手に入ったからナイフを作ってほしいと頼まれる。

なんでも鉱山に現れていたゴーレムの中にミスリルゴーレムがいたそうだ。それを倒してきたと言う。普通、そんな話を聞けば笑い飛ばすところだ。だが、目の前に証拠であるミスリルでできたゴーレムを出されれば信じるしかない。

ミスリルゴーレムは強い衝撃を加えられた感じで腕や足が崩れかけている。どうやったら、ミスリルゴーレムをこの状態にできるか想像もつかない。

崩れたミスリルゴーレムを手に取ってよく見ると、おかしな箇所を見つける。ミスリルゴーレムの内側と外側で材質が違う。これは鉄か? 内側は鉄で、外側がミスリルの素材だった。ハリボテもいいところだ。それでも、ゴーレムの大きさからいっても、かなりの量のミスリルがある。見た感じ、3分の2は鉄で3分の1がミスリルってところだ。それでも、一財産だ。

「手を見せてみろ」

クマの嬢ちゃんのナイフを作ることになったわしは手を差し出すように言う。わしは気に入った人物の武器を作る場合、人の手を見て、触って、その人に最適な武器を作ることにしている。手が大きいのに、持つ部分が小さかったら、力が入らない。この逆もそうだ。小さい手で、大きな武器は握れない。武器の性能を十分に発揮できない。それは武器を作る者にとっては許せないことでもある。

わしは嬢ちゃんの手を握る。小さな柔らかい手だ。こんな手で本当に魔物と戦っているのかと思うと不思議でならない。ナイフを使うなら、もう少し鍛えないと駄目だ。

最後にクマの手袋をした状態も確認する。初めはふざけた手袋かと思ったが、不思議な肌触りだった。布地には詳しくないが、間違いなく高級素材で作られている。触れているだけで、気持ちよくなる。

代金の代わりにアイアンゴーレムをもらうことになったが、店が騒がしくなった。来る客、来る客が騒ぐ。

「なんだ！　ゴーレムか」

「すげえ、アイアンゴーレムだ」

「ガザルのおやっさん、これは」

そんな答えは決まっている。「とある冒険者から武器の代金の代わりにもらった」と答える。そのたびに驚くから面白い。さらに噂が噂を呼んでお客が来るようになった。アイアンゴーレムを見るついでに剣を研《と》ぐ依頼も入ってくる。まあ、一時的なことだと思うが、よい宣伝になる。

それから、わしは嬢ちゃんのために最高のミスリルナイフを2本作り上げた。集中して作ったこともあり、イメージどおり、今まで作った中でも上位に入るナイフを作ることができた。

……なのにクマの嬢ちゃんが取りに来ない。

確かにいつでもいいと言ったが、せっかく作ったのだから、早く来い。

こっちは代金代わりにアイアンゴーレムをもらい、ミスリル素材も持ち込みだから、事実上お金はかかっていない。かかっているのは加工するのにかかったわしの手間賃ぐらいだ。

わしは嬢ちゃんのために作ったナイフを見る。クマの嬢ちゃんが左右の手に持つってことで、柄《つか》の部分は嬢ちゃんのクマの手袋に合わせて、黒と白にしている。剣には利き手が存在する。普通は気にしたりしないが、最大限に武器の性能を引き出す場合、必要な技術になる。

嬢ちゃんのナイフを見てて、いいことを思いついた。

わしはナイフの握る柄の部分にクマの顔を彫ることにした。細かい作業は得意だ。黒と白の柄にクマの顔ができる。貴族の紋章で動物や鳥を使う場合がある。そんな感じで、クマの紋章を彫った。

我ながら上手《うま》く彫れた。普通はこんなことはしないが、アイアンゴーレムをくれたお礼でもある。


そして、やっとクマの嬢ちゃんがやってきた。

遅い！　って言いたいが、クリモニアからやってきて、申し訳なさそうにしている嬢ちゃんを見ると言えなかった。

わしが嬢ちゃんにナイフを渡すと、嬉《うれ》しそうにする。時間をかけて作った武器だ。喜んでもらえるのが職人として一番嬉しい。

クマの嬢ちゃんは嬉しそうにナイフを見ていたが、柄の部分にあるクマの紋章の彫り物に気づく。そして、微妙な表情をした。なんでだ？

それから、クマの嬢ちゃんはナイフの試し斬りがしたいと言うので了承する。ナイフの性能は嬢ちゃんの魔力次第と教える。

クマの嬢ちゃんはナイフの試し斬りをするためにアイアンゴーレムを取り出す。いったい何体アイアンゴーレムを持っているんだ？　そもそもアイアンゴーレムを斬るのか。

そのことを尋ねると。

「試し斬りにはちょうどいいでしょう」

もったいないと思った瞬間、嬢ちゃんはナイフを握り、アイアンゴーレムに向かって動く。一瞬だった。ステップをしたと思ったら、アイアンゴーレムの後ろにいた。そして、アイアンゴーレムの腕がゴトと音を立てて、落ちる。

なんだ、今の動き、速かった。それにアイアンゴーレムの腕を簡単に斬った。それから、数回アイアンゴーレムで斬れ味を確かめるように何度も斬る。信じられない光景だった。

わしは切り落とされたアイアンゴーレムの一部を手にする。

綺麗《きれい》な切り口だ。嬢ちゃん魔法使いじゃなかったのか？　あの柔らかい手を見れば、武器を握ったことなんて、ほとんどないはず。わしは今までにたくさんの手を見てきた。強い者の手は硬く、傷があることが多く、練習をしてきたことが分かる手だった。でも、クマの嬢ちゃんの手は、そんな練習をした手ではなかった。だが、嬢ちゃんの動きやナイフの扱いは高ランク冒険者と比べてもひけを取らなかった。

嬢ちゃんはわしのナイフが凄《すご》いと言うが、凄いのは嬢ちゃんのほうだ。ゴルドとネルトの2人が嬢ちゃんのことを優秀な冒険者っていうのがよく分かった。

ノベルス版7巻 書店特典③　クマさん、ティルミナさんを調査する

　ある日、商業ギルドでティルミナさんのヘッドハンティングの噂《うわさ》を小耳に挟んだ。

　ティルミナさんは仕事ができるし、ギルドマスターのミレーヌさんとも仲がいい。それに卵のことも詳しく、プリン、ピザ、ケーキなどの作り方も知っている。他の人から見れば、ティルミナさんの価値は凄《すご》く高いみたいだ。わたしはティルミナさんの気持ちを尊重したいが、辞められたら困る。

　まずは、詳しい情報を得るためにティルミナさんの身辺調査を行う。

証言1　娘　その1

「えっ、最近のお母さんですか？　おかしいところはないと思いますよ。知らない人と会っていないかですか？　う～ん、あっ、先日、人と会うようなことを言っていました。誰と会っていたかまでは分からないです」

　会う相手は分からなかったけど、もしかして、引き抜き相手？　信憑性《しんぴょうせい》が出てきた。

証言2　娘　その2

「お母さん？　お金がないから、どうしようかなって言っていたよ」

貴重な情報を手に入れた。ティルミナさんはお金に困っている。もしかして、引き抜き相手のほうがお給金がよいのかもしれない。

証言3　夫

「家計が苦しいかって？　違う？　ティルミナがお金で困っていないか知らないかって？　聞いたことがないが、ティルミナがそう言っているのか？　もしかして、俺の稼ぎが少ないのか？」

頭を抱える男性。これ以上の情報は聞き出せそうもない。

証言4　パン職人

「ティルミナさんから、相談をされたかって？　ティルミナさんから相談されたことはないね。最近のティルミナさん？　そういえばお給金のことで尋ねられたことがあるね。わたしは問題ないって答えたけどね」

その言葉は嬉《うれ》しい。もし、問題があったら言ってほしいと伝えておく。

証言5　ギルマス

「ティルミナさん？　もちろん優秀な人だと思うわよ。仕事も早いし、期日もちゃんと守ってくれるしね。約束を守る人は信用がおけるからね。引き抜き？　ギルドじゃないわよ。今は人に困っていないからね。ティルミナさんが欲しいかって？　う〜ん、仕事内容が違うからね。ああ、そういえばティルミナさんがギルドに来たとき、他の商人に話しかけられていたわね。もしかして、勧誘だったかもしれないわね。ティルミナさんはユナちゃんのお店の重要な人物だしね」

ここでも重要な証言をゲットした。誘われているのは間違いないみたいだ。しかも、相手は商人。

証言6　子供をお世話する女性

「ティルミナさんの最近の様子ですか？　う〜ん、いつもどおりだと思いますよ。ああ、でも一度だけ、困った表情でどうしようってため息を吐《つ》いている姿を見ました」

どうやら、困っているのは間違いないみたいだ。

今まで集めた証言から推測すると、お金に困っているティルミナさんが他の商人から誘いを受けて、転職しようか考えているってことになる。

わたしはティルミナさんを引き止めるために、家に呼ぶ。

「それでユナちゃん、話ってなに？」

「ティルミナさん、3割アップでどうですか？　それとも5割？」

2倍となると、流石《さすが》に他の人たちと不公平になってしまうから、これ以上は上げることができない。でも、ティルミナさんに辞められると困る。

「ユナちゃん、いきなりなに？」

「お給金の話ですよ。いくらなら残ってくれますか？」

単刀直入に尋ねる。相手がいくら提示しているか分からない。

「もしかして、最近、わたしのことを聞き回っていたことと関係があるの？」

「……な、なんのことですか？」

気づかれている。みんなにはちゃんと口止めをしたのに。誰かがしゃべった。裏切り者は誰？

「はぁ」

ティルミナさんは小さくため息を吐く。

「みんなから聞いたわよ。フィナからは誰と会っていたか、聞かれるし。シュリからはお金がないの？　って聞かれるし。ゲンツからは俺の稼ぎが少ないのかって、泣きそうな顔で言われるし。モリンさんからはユナちゃんが心配していたって言われるし。ミレーヌさんからは、先日話していた商人は誰なのかって聞かれるし。リズからは何か困っていますか？　って心配そうに聞かれたわ」

裏切り者は一人じゃなかった！　全員だった。っていうか、なんでみんな本人に聞いているの！

　フィナとシュリはしかたないとしても、なんでゲンツさんまで、本人に尋ねているの。生活を見れば稼ぎが足りているかどうかぐらい分かるでしょう。ミレーヌさんもモリンさんもリズさんも尋ねているし。

「それだけじゃ、わたしがティルミナさんのことを探っていることにはならないですよ」

　わたしはしらをきることにする。

「ちなみに、みんなからユナちゃんの名前は聞いているわよ」

「…………」

「それで、どうしてわたしのことをみんなに聞いていたの？」

　わたしは諦めて正直に話すことにする。

「ティルミナさんが、他のところから引き抜きの誘いがあるらしいって聞いて。本当なのか、誰か話を聞いているかなと思って尋ねてたんです。もし、辞める理由が分かれば引き止められるかなと思って」

　わたしの話を聞いたティルミナさんは大きくため息を吐く。

「そんなバカなことで調べていたの？」

「誘われたのは本当なんですよね」

「ええ、条件もよかったわ。たぶん、うちのお店の情報が知りたかったんでしょうね。でも、情報を引き出したら、用なしってこともあるから、簡単に情報を売ったりしないわよ。

それに簡単に他人を売る人は新しいところに行っても信用されないから、すぐにお払い箱よ」

「それじゃ、どうして、困ったり、ため息を吐いたり、お金がないみたいなことを言っていたんですか？」

「困っていたのは誘われていたからよ。ちょっとしつこかったからね。でも、ミレーヌさんに相談したら解決したから、大丈夫」

「ティルミナさん、相談ぐらいしてください。みんなも心配をしますから」

「そうね。ごめんなさい。次からは話すわね」

「それじゃ、お金の件は？」

「それはたぶん……小屋で仕事をしているとき、お財布を家に忘れて、お金がないから帰りに買い物に行けないって言ったのをシュリが聞いたんじゃないかしら」

紛らわしい。

「それじゃ、モリンさんにお給金の話を聞いたのは？」

「わたしみたいに他から誘われていたら困るでしょう。だから、遠まわしに聞いてみただけ。もし、お給金が少なくて、他の店に行くのを考えていたら、先手を打って止められるでしょう」

どうやら、気にかけてくれていたみたいだ。

「それにしても、ユナちゃんにそんなふうに見られていたなんて、悲しいわ」

ティルミナさんはわざとらしく、悲しそうな表情をする。

「わたしがお金でホイホイと他のところに行くと思っていたなんて。わたしと娘の命を救ってくれて、元気に仕事をすることができて、この手で娘たちを抱きしめることができて、ゲンツとも結婚できたわ。それにお給金も十分にもらっているわ。午前働いて、午後は自由な時間があって、子供たちと一緒にいられる仕事なんてないわよ。そんな幸せをくれたユナちゃんに恩を仇《あだ》で返すようなことはしないわよ。本当にバカなんだから」

ティルミナさんは微笑《ほほえ》むと、わたしのおでこを指で突っつく。

どうやら、わたしの心配しすぎだったようだ。

「これからもよろしくね」

どうやら、ティルミナさんとは長い付き合いになりそうだ。

ノベルス版7巻 書店特典④ くまさんの憩いの店で働く ノア編

「くまさんの憩いの店」で昼食をとっているとノアがお店に入ってきた。お店に入るとすぐにわたしに気づく。

「ユナさんも食事ですか?」

「『も』ってことはノアも食事?」

「はい、久しぶりに食べに来ました。一緒にいいですか?」

「いいよ」

「それじゃ、買ってきますから、待っていてくださいね」

ノアはパンとケーキを買ってくると戻ってくる。

「やっぱり、このお店のパンは美味《おい》しいですね」

「そう言ってもらえると、嬉《うれ》しいよ」

ノアはパンを食べながら、店内を見る。どこを見ているのかなと思って視線を追うと、お店で働く子供たちを見ている。

「ユナさん」

「なに？」

「わたしも、クマさんの服が着たいです」

ノアがクマさんパーカを着てる子供たちを見ながら真剣な表情で言いだす。

「……えっと、本気？　冗談？」

「本気です。フィナもシュリも着ているし、わたしもクマさんの服を着たいです」

そう言われても困るんだけど。

「着たいっていっても、お店の制服だからね」

「それじゃ、お店で働けばいいんですね。働きますから、お願いします」

ノアは手を合わせてお願いをする。そんな姿を見て、ダメとは言えなくなる。


「ミル、忙しいときにゴメンね。ノアがどうしてもクマの服を着て働きたいって言って」

ノアの願いを叶《かな》えるため、お店で働いているミルに声をかけて、更衣室に来ている。

「少しの時間なら大丈夫です」

「ありがとう」

ミルの頭の上に手を置くと嬉しそうにする。そして、ミルにクマさんパーカの予備を用意してもらう。

「ノアール様。一応、洗濯はしてますが……本当にわたしの服を着るんですか？」

「構いません！　大丈夫です！　わたしは気にしません！」

「そうですか？」

ノアの勢いにミルは少し引き気味になる。ノアは服を脱ぎ、ミルが用意した予備のクマさんパーカに着替える。

「鏡はないんですか？」

「鏡ならそっちにあるよ」

一応、身だしなみを確認するため、大きな鏡が置いてある。ノアは鏡の前に立つとポーズをとる。

「ふふ、ふふ、ふふ、くまさんの格好です」

「ノア、少し怖いよ」

「やっと、クマさんの服を着ることができました！」

叫ぶノア。

「その服を着たからには働いてもらうからね」

「はい！　もちろんです」

「あと、お店ではわがままは許さないからね。もしわがままを言ったりしたら、その時点で終了だからね」

「クマさんに誓ってしません！」

そんなクマの格好をした状態で宣言されても困るんだけど。

ノアにはまずはお皿洗いからやってもらう。

「ちゃんと丁寧《ていねい》にやるんだよ」

「分かりました」

ノアは嫌がる様子もなく、皿洗いを始める。そんな姿を見て、モリンさんが心配そうに声をかけてくる。

「ユナちゃん、領主様の娘さんに皿洗いなんてさせてもいいの？」

「本人がやりたがっているから」

「あとで領主様が怒ったりしない？」

「そのときはわたしが責任を持ちますから大丈夫ですよ」

まあ、クリフの性格からして、お店に怒鳴り込んでくることはないと思う。怒るとしたら、ノアに対してだと思う。

ノアは文句ひとつ言わずに溜《た》まっていたお皿を洗い終える。

「ユナさん、終わりましたよ。次はパンを作りたいです。前にフィナと一緒にくまパンを作ったんですよ」

「う〜ん、パン作りはまだ今度かな？」

「う〜、練習しているのに」

そんなとき、モリンさんがキッチンにいる子供たちに声をかける。

「誰か、手が空いていたら、ジャガイモの皮を剝《む》いて」

「はーい」

モリンさんのお手伝いをしている一人が返事をして、小さな手で包丁を持ってジャガイモの皮をスルスルと剝いていく。毎日やっていることもあって、手慣れている。

「上手だね」

「うん、頑張って練習したから」

わたしが褒めると、ノアが手を挙げて返事する。

「わたしもやりたいです！」

「ノア？」

「でも、包丁を使うから危ないよ」

一応、貴族様だから、怪我《けが》でもしたら大変だ。

「大丈夫です」

でも本人はやる気満々だ。

「本当に大丈夫？」

「大丈夫です！」

どこから、その自信はくるのかな？　わたしのほうが不安になってくる。

ノアは小さい包丁を持つと、ジャガイモの皮を剝こうとする。その手はもう危なっかしくて見てられない。包丁がサッと変な方向にすべりだす。

「ああ、危ない！」

わたしはノアから包丁を取り上げる。

「な、なんですか！」

「ノア、包丁禁止。刃物ダメ」

危なっかしくて、やらせるわけにはいかない。

「もしかして、包丁持つの初めて？」

「それぐらいありますよ。……数回ですが」

最後のほうは小さな声で言う。わたしは小さくため息を吐く。貴族のお嬢様なら、しかたないのかな。フィナや孤児院の子供たちは普通にナイフを使っていた。フィナは解体で身につけた技術で、お店で働く子はもともと料理が得意な子が働いている。

ノアは悲しそうにテーブルにジャガイモを置く。わたしは頭を掻《か》いて、少し考える。

「ノア、こうやってやるの。ちゃんと見てて。貴族のノアには必要ないかもしれないけど」

「そんなことないです。教えてください」

わたしはジャガイモとナイフを手にすると、丁寧に皮の剝き方を教える。本当はピーラーがあればいいんだけど。子供たちは普通にナイフで野菜の皮を剝いていたので、必要はなかった。

でも、ピーラーがあれば時間短縮になるかな？

ノアはわたしに教わったとおりに、不慣れな感じでジャガイモの皮を剝いていく。

「う～、難しいです」

クマのフードの顔が悲しそうに見えるのは気のせいだろうか。

それから、モリンさんに頼まれたジャガイモは、わたしを含めた3人で剝き終えた。

「あまり、できませんでした」

「誰でも初めてなら、そんなものだよ」

「ユナさんもですか？」

「わたしだけじゃなく、誰でもそうだと思うよ」

ノアを慰めると、次の仕事を求めて店内に移動する。

「次は接客ですか？　任せてください。お金の計算でも、片づけでも、掃除でもしますよ」

クマさんの格好でくるっと回る。

なんでここまでやる気になるかな？

わたしはノアを連れて店内に行くと、店内ではカリンさんを中心に子供たちが働いている。

「それじゃ、片づけをしてもらうかな。えっと、カリンさん！」

わたしは店内のリーダーであり、監督をしているカリンさんに声をかける。

「ユナさん、なんですか？　えっと、その女の子は、どっかで見たことがあるような？」

ノアが顔がよく見えるようにフードを取ると、フードの下から長い金色の髪が出てくる。

「ノアール様？」

「今日はクマさんの服を着させてもらう代わりに、お店の仕事のお手伝いをさせていただいています」

「えっと、ユナちゃん。本当？　貴族様だよね」

カリンさんがわたしとノアのことを交互に何度も見る。

「まあ、本人がしたいって言うから。片づけでもさせようと思うけど、邪魔になったら言ってね」

「邪魔なんてしません。指示を下されば、どんなことでもします。カリンさん、わたしは何をすればいいですか」

「えっと、それじゃ、お客様がいなくなったテーブルの食器などを片づけて、テーブルもちゃんと拭《ふ》いてもらえますか？」

「ノア、やり方は分かる？」

「いつも、みなさんの仕事を見ているので、大丈夫です」

そう言うと、ノアはクマの小さな尻尾《しっぽ》を左右に揺らしながら、テーブルの片づけに向かう。

「ユナさん、本当に大丈夫なんですよね。わたし、あとで呼び出しとかされないですよね。怒られないですよね」

親子そろって同じことを言う。

「大丈夫だよ。そのときはわたしが責任を持つから」

カリンさんの心配をよそに、ノアの一日仕事体験が無事に終わる。

「お給金は出ないけど、パンとプリンがあるから、よかったら持って帰って食べて」

「ありがとうございます」

ノアはパンが入った手提げバッグを受け取ると、店から出ていこうとする。

「ノア、ちょっと待って」

わたしはノアの肩を摑《つか》む。

「な、なんですか。そろそろ帰らないと」

「着替えてから、帰ろうね」

「う〜、このままクマさんの服が手に入ると思ったのに」

そんなクマの格好で帰ったら、クリフやララさんが驚いてしまう。それ以前に領主の娘としての立場を考えてほしい。

「ほら、着替えてきて」

「ユナさん、イジワルです」

ノアは口を尖《とが》らせると、着替えにいく。しかも着替えたクマの服を持って帰ろうとしたりして、諦めが悪かった。

そこまでして、クマさんパーカが欲しいのかな？

結局クマさんパーカを持って帰ることはできなかったけど、ノアは満足気な顔をして帰っていった。

今度、ノア用のクマさんパーカを用意したほうがいいかな？

すべてを
ハッピーエンドに
導くための
傷だらけ
悪役令嬢奮闘記
好評
発売中!
さぁ、悪役令嬢の
お仕事を始めましょう
～元庶民の私が挑む頭脳戦～
[著] 緋色の雨 [イラスト] みすみ
詳細は公式HP・SNSで!
URL
https://pashbooks.jp/
Twitter
@pashbooks
金曜日発売!